U0087958

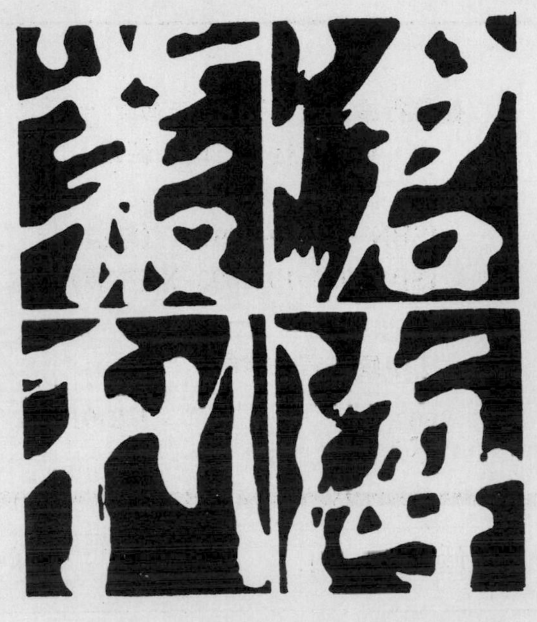

修辭行旅

張春榮 著

東大圖書公司 印行

國立中央圖書館出版品預行編目資料

修辭行旅／張春榮著.--初版.--臺北市，東大發行：三民總經銷，民85
面；　公分
ISBN 957-19-1891-1（精裝）
ISBN 957-19-1892-X（平裝）

1.中國語言—修辭

802.7　　84011802

著作人　張春榮
發行人　劉仲文
著作財產權人　東大圖書股份有限公司
臺北市復興北路三八六號
發行所　東大圖書股份有限公司
地　址／臺北市復興北路三八六號
郵　撥／〇一〇七一七五——〇號
印刷所　東大圖書股份有限公司
總經銷　三民書局股份有限公司
門市部　復北店／臺北市復興北路三八六號
重南店／臺北市重慶南路一段六十一號
初　版　中華民國八十五年一月
編　號　E 80118
基本定價　肆元肆角
行政院新聞局登記證局版臺業字第〇一九七號

ISBN 957-19-1892-X（平裝）

自序

《修辭行旅》是繼《修辭散步》之後的文苑集錦。書中鎖定常用修辭手法，廣收現代文學例句；盼能提供藝林勝景，讓青青子衿於觀賞瀏覽之餘，進而觀摩相善，撞擊靈智火花，拓寬想像空間，掌握藝術加工的竅門。

首篇「談二分法」，由最基本的二分思維出發，透過二分觀念和辭格的整合，切實把握構思造句時馳騁變化之妙。次篇「談轉折」，著眼於上下文間語意變化的設計；歸納四種常見形式，以爲創作時跌宕抑揚之資。復次「談比喻類型」，先分出「簡喻」、「詳喻」兩類，看出比喻的重點所在；並自喻體、喻依間具體或抽象的搭配上，剖析精采比喻的特色。「談嘲諷與修辭」一章，注重不同修辭方式可以達到相同嘲諷效果；「談反襯」一章，注重聽覺、視覺、味覺上相反相成的襯托作用。繼而「談對偶」，著力於對比(即「反對」)的七種類型、當句對，及對偶觀念擴充在結構上的設計；「談排比」，則著力於統一與變化上的運用，以及和其他辭格結合兼用的現象；而「談錯覺」，以述說心理、視覺、聽覺、觸覺上的恍惚情境爲主。至於「談雙關」、「談析詞(二)」、「談一字之差」、「談析字」，均以現今中外妙語佳句的舉證爲主；幽默之例，足以談笑解紛，其中微言入理，亦足以發人深省。

本書各篇，分別載於《明道文藝》「修辭典範」（陳憲仁主編）、《中央日報》中學生國語文版「文藝饗宴」（楊明主編）專欄，今補增新例，以求完備。而當日主編助緣之功，深記在心。又東大圖書公司慷予出版，今此一併致謝。

八十四年十月九日
誌於錦安里四犬書房

修辭行旅

目次

知足者仙境，不知足者凡境

——談二分法

壹・二分法與修辭

二分法是最基本的思維認知。以名詞而言，有「人」，就有「非人」；有「理性」，就有「非理性」。以動詞而言，有「到」，就有「不到」；有「言」，就有「未言」。以形容詞而言，有「快樂」，就有「不快樂」；有「孤獨」，就有「不孤獨」。以繫詞而言，有表肯定的「是」，就有表否定的「不是」或「非」。而這樣的二分思維，常常造成固定的修辭模式，與對偶、雙襯、虛實、頂眞、回文、層遞自然結合，形成精采鮮活的敘述。

一．二分與對偶結合

如：

1. 君子不可小知而可大受也，小人不可大受而可小知也。
——《論語．衛靈公》

2. 自家好處，掩藏幾分，這是含蓄以養「深」；別人不好處，要掩藏幾分，這是渾厚以養「大」。
——呂坤《呻吟語．存心》

3. 我有功於人，不可念，而過則不可不念；人有恩於我，不可忘，而怨則不可不忘。
——陸紹珩《醉古堂劍掃．醒》

基於二分觀點，第一例「君子」、「小人」相對；第二例「自家」、「別人」相對；第三例「我」、「人」相對；無不理路清晰，對顯出待人接物應有的認知與分寸。此外，如：

4. 理性是一種簡單，不理性是一種複雜。

——何秀煌《人生小語》

5.年輕時不是社會主義者，是沒有心肝，年老時還是社會主義者，是沒有頭腦。

——勞埃喬治

6.看得見的是暫時的，看不見的是永久的。

——《聖經》

均屬立意鮮明、引人深思的警句。事實上，結合對偶時，進而可以注意音節，發揮重出迭能的效果。如：

7.都來眼前事，知足者仙境，不知足者凡境；總出世上因，善用者生機，不善用者殺機。

——洪自誠《菜根譚》

其中「仙境」、「凡境」，「生機」、「殺機」兩組雖意義相對，然各由於一字重出，讀來音節流利，使人印象深刻。而大凡生活上常常出現的語句，所謂「人窮志不窮」、「目盲心不盲」、「風沙吹老了歲月，吹不老我的思念」、「擋住陽光，擋不住好風光」、「喝酒傷肝，不喝傷心」、「可以無聊，不可以無恥」，同屬此類修辭的運用。

二·二分與雙襯結合

雙襯是對事物用兩種不同觀點加以形容，而二分正代表兩種不同對立的觀點，得以呈現事物的複雜狀態。如：

1. 道常無爲而無不爲。

——《老子》三十七章

2. 知萬物皆有所可，有所不可。

——《莊子·天下》

分別以「無爲而無不爲」、「有所可，有所不可」相對而排斥的觀點，描繪「道」、「萬物」的特性。現代文學中不乏此類角度的領略。如：

3. 遊覽蘇州園林必然會注意到花牆和廊子。有牆壁隔著，有廊子界著，層次多了，景致就見得深了。可是牆壁上有磚砌的各式鏤空圖案，廊子大多是兩邊無所依旁的，實際是隔而不隔，界而未界，因而更增加了景致的深度。有幾個園林還在適當的位置裝上一面大鏡子，層次就更多了，幾乎可以說把整個園林翻了一番。

——葉聖陶〈蘇州園林序〉

4.在情思固結之中，要轉出一條路來，而後能夠「獨上高樓，望盡天涯路」，但是望斷而終望不斷，望不斷才是眞正的望斷。

——劉述先〈紅樓夢的境界與價值〉

5.其實，打一開始我就接受了你這個人。後來我這麼結論。就像美國新派男女的說詞：你是什麼樣子我認了。就是這麼簡單，卻又不簡單。

——曹又方〈送君千里〉

其中「隔而不隔，界而未界」、「望斷而終望不斷」、「這麼簡單，卻又不簡單」是二分的並列呈現，與雙襯的修辭形成交集❶。至於雙襯與二分前後配合，可形成更謹嚴的敘述，如：

6.宇宙內事，要擔當，又要善擺脫。不擔當，則無經世之事業；不擺脫，則無出世之襟期。

——陸紹珩《醉古堂劍掃・峭》

句中，先以「要擔當，又要善擺脫」的雙襯說出應有的態度，接著由「不擔當」、「不擺脫」上加以推論，立意圓足。

三．二分與虛實結合

如楊萬里〈戲筆〉七絕：

野菊荒苔各鑄錢，
金黃銅綠兩爭妍。
天公支與窮詩客，
只買清愁不買田。

自銅錢顏色加以聯想。謂金菊、綠苔正是大自然遍地的黃金、銅錢，也是天公送給詩人的錢財，值得欣慰；雖然這些錢僅能獲得美感經驗上的悲喜，無法購買田產，終究可以獲得精神上的補償作用。於此「只買清愁不買田」句中，「清愁」爲虛，「田」爲實，透過「買」與「不買」的對比，流露詩人自我解嘲的一抹悲涼。現代散文中運用動詞的二分，由具象景物逼入抽象情思的例證極多。如：

1. 在嚴寒中凍壞了的肌肉，據説無藥可醫。年復一年，冬天的訊息乍到，她的腳面和腳跟立即有了反應，那裡的肌肉變色、浮腫，失去彈性，用手指按一下，你會看見一個坑兒。看不見的，是隱隱刺骨的疼痛。

——王鼎鈞《碎琉璃．一方陽光》

2. 前一步即故國，而我們必須勒馬，勒飛馬於危崖也許還不難，但勒不住的是滿腔的故國之思。

——張曉風《黑紗．黑紗》

3. 爛漫如錦的春光裡，窗外是婆娑搖曳的樹影，我坐在圖書館中，來不及地圈點著；然而，圈得盡的，是作文簿上平實自然、工整端正的文字，圈不盡的，卻是那豐沛眞誠的情感，是理直氣壯的少年襟抱，是純潔光明的家國之愛，是舍我其誰的凌雲壯志。

——陳幸蕙《交會時互放的光亮．圈點》

其中「坑兒」爲實，「隱隱刺骨的疼痛」爲虛；「飛馬」爲實，「故國之思」爲虛；「作文簿上平實自然、工整端正的文字」爲實，「豐沛眞誠的情感」、「理直氣壯的少年襟抱」、「純潔光明的家國之愛」、「舍我其誰的凌雲壯志」爲虛；分別在「看見」、「看不見」，「勒」、「勒不住」，「圈得盡」、「圈不盡」的翻疊中增添文意的變化。

四·二分與頂真結合

在頂眞轉關時，常會出現二分的銜接模式。如：

1. 見賢而不能舉，舉而不能先，命也。見不善而不能退，退而不能遠，過也。

——《禮記·大學》

2. 昨日之非不可留，留之則根爐復萌，而塵情終累乎理趣；今日之是不可執，執之則渣滓未化，而理趣反轉爲欲根。待小人不難於嚴，而難於不惡；待君子不難於恭，而難於有禮。

——陸紹珩《醉古堂劍掃·法》

第一例「不能舉」、「舉」，「不能退」、「退」即以二分形式頂眞；第二例「不可留」、「留」，「不可執」、「執」亦然。又如：

3. 然而在這燈與人與貨之外，還有那淒清的天與海——無邊的荒涼，無邊的恐怖。她的未來，也是如此——不能想，想起來只有無邊的恐怖。她沒有天長地久的計畫。只有在這眼前瑣碎的小東西裡，她的畏縮不安的心，能夠得到暫時的休息。

——張愛玲《張愛玲短篇小說選．沈香屑——第一爐香》

4. 撇下永遠猜不透眞假的浩成，苡天駕車駛出了那片正進行著什麼挖掘工程的馬路，滾滾風塵，都被她甩在了腦後。她不知道浩成到底相信她那一句？不過一切也都不再重要，重要的是她往後的日子，還有女兒往後的日子……

——蕭颯《如何擺脫丈夫的方法》

第三例「不能想」、「想」，第四例「不再重要」、「重要」均自然結合二分與頂眞❷，過渡轉關，展開進一步的思索。

五．二分與回文結合

二分敘述，尤其在辨義析理上，常運用回文形式，使立論更深刻更明確。如：

1. 君子和而不同，小人同而不和。

——《論語．子路》

2. 仁者以其所愛及其所不愛，不仁者以其所不愛及其所愛。

——《孟子・盡心》

3. 人不忘其所忘，而忘其所不忘，此之謂誠忘。

——《莊子・德充符》

第一例自「和／不和」、「同／不同」二分的逆倒相對上，分析「君子」與「小人」之別；第二例自「所愛」、「所不愛」的不同順序，分析「仁者」與「不仁者」之異；第三例自「不忘」、「忘」的雙向思考，指出「誠忘」的眞諦。又如：

4. 上帝，幫助我接受我所不能改變的
也幫助我改變我所不可接受的
但這兩者之間的差異何在
求你賜下智慧讓我明辨

——張曉風《給你・試撥的長途電話》

5. 愉悦的開始並不保證會有個完滿的結束，能結束的時候不結束不一定是錯，不能結束的時候結束不一定對，眞正的愛究竟有沒有「開始」與「結束」之分，有這麼明確的畫分嗎？沒有答案。我們所能知道的畫分是——有開始有結束，人類的情感才有節制。

——蘇偉貞《過站不停》

6. 對於不可知的未來，人類一直想望提前得到信息並掌握或改變之。宗教與迷信都一樣。宗教是「合法」的迷信，迷信是「不合法」的宗教，兩者皆強調來生、果報、天堂、地獄……，導人信服的誘因同是「不可知的未來」。

——阿盛《人間大戲臺・宗教與迷信》

第四例著眼於「接受／不可接受」、「改變／不能改變」的逆倒的相對組合，第五例發揮「能結束／不能結束」、「結束／不結束」的相反理路的旨趣，第六例指出「宗教」和「迷信」可相互轉化，其間的界限在於「合法」與「不合法」❸。

六・二分與層遞結合

連續運用二分相對的形式，往往可以造成層遞。如：

1. 知彼知己，百戰不殆；不知彼而知己，一勝一負；不知彼不知己，每戰必殆。

——《孫子・謀攻》

2.禽鳥知山林之樂，而不知人之樂，人知從太守遊而樂，而不知太守之樂其樂也。

——歐陽修〈醉翁亭記〉

3.藏書不難，能看爲難；
看書不難，能讀爲難；
讀書不難；能用爲難；
能用不難，能記爲難。

——張潮《幽夢影》

第一例以遞降方式，剖析「知彼知己」、「不知彼而知己」、「不知彼不知己」三種情況的結果；第二例以「知」、「不知」正反映襯，接連翻疊，由「禽鳥」而「人」而「太守」層層逼進；第三例以「不難」、「難」四次翻疊，指出「看」、「讀」、「用」、「記」四種不同的層次。現代散文中，以王鼎鈞作品爲例，如：

4.又怎能找到你？能找到城市，找不到街道，能找到街道，找不到門牌，找到門牌，找不到你的窗子，找到窗子，你走不出來，我走不進去。

——王鼎鈞《左心房漩渦・我的一九四五呢》

5.可是，有些不知名字的地方，有些忘了名字的地方，對我有特別意義。地名可以忘記，地方不會忘記；地方可以忘記，事件不會忘記。在那個忘了名字的村莊上，我們見過一面，你想我會忘記嗎？

——《左心房漩渦．失名》

6這時日色偏西，暑氣蒸人，走得我如焦如枯，要是路旁有口水井，也眞想跳進去泡泡。天不絕人，忽然前面出現了一條小河。——不能算河，是條小溪。——甚至不能算溪，只能算是一條水溝，無論如何那一股清流比水壺裡的水多出億萬倍。

——《山裡山外．捉漢奸》

第四例以「找到」、「找不到」的翻疊方式，空間由「城市」而「街道」而「門牌」而「窗子」，最後至「你」結穴；第五例以「可以忘記」、「不會忘記」分述「地名」、「地方」、「事件」三者的遞升關係，指出「事件」是記憶的核心；第六例以「不能算」、「（只能算）是」，逐漸釐定客觀事實，原來說「河」太大，說「溪」也太大，說「水溝」庶幾得之。

貳．二分法與造句

運用二分法遣詞造句，往往在基本句型、繁句、複句中極其對比、翻轉之姿。

一．基本句型

以敘事句為例：

1. 當漢高祖迎風高歌「安得猛士兮守四方」而為之泣下的時候，當屈原行吟江畔，枯槁憔悴，嘆不逢明主的時候，當白頭宮女在寂寞的紅花間驚訝於忽然作了廢的青春的時候，當那少婦說「還君明珠雙淚垂」、「恨不相逢未嫁時」的時候，——這一切都是遇合錯誤的悲劇。

在這類型的悲劇裡，我們感到秩序的需要，許多本來不錯的東西卻在其錯誤的時空、錯誤的際遇裡形成了錯誤。

——張曉風《給你．不遇》

2.「記住，」他的食指在我胸前（那裡也有一大片湯汁的斑點）戳了一下，以教授式的莊重口吻對我說：「我們的命運是和國家的命運緊緊地連在一起的！」對他的話和他的神態，我都很欣賞。在人身最不自由的地方，思想的翅膀卻能自由地飛翔。

——張賢亮《綠化樹》

3. 不要讓陌生引起你的恐懼，不同的面孔並不代表不同的人，相同的面孔也未必就代表相同的心靈，不要想在這一張或另一張不同的臉之間尋求不同，要的話——在你的恐懼中尋找吧！知識似乎給你清晰感，但其實只給你虛幻的安全。

——曾晴陽《謀殺愛情的人》

「許多本來不錯的東西卻在其錯誤的時空、錯誤的際遇裡形成了錯誤」（第一例），主語中的「不錯」和受詞「錯誤」形成二分；「在人身最不自由的地方，思想的翅膀卻能自由地飛翔」（第二例），句中副詞（「自由」）與補詞（「不自由」）間形成二分；「不同的面孔並不代表不同的人，相同的面孔也未必代表相同的心靈」（第三例），則主詞、受詞中「不同」、「相同」形成二分對句（亦即各句分別重出「不同」、「相同」）[4]。以有無句為例：

4. 我不斷的告訴自己，因為回歸，所有平凡的事物都有著不平凡的意義，而一切均須自一個平凡的我開始，並且帶著一顆在平凡裡尋求的心。

——張錯〈檳榔花〉

5. 張無忌將她屍身抱在懷裡，心想她直到一瞑不視，仍不知自己便是張無忌。這些日來，她始終昏昏沈沈，無法跟她說知眞相。當她臨終前的片刻神智清明之際，卻又甚麼也來不及說了。其實，到了這個地步，說與不說，也沒甚麼分別。

——金庸《倚天屠龍記》

6. 所有快樂的家庭都很相像；所有不快樂的家庭則各有其獨特的不快樂的理由。

——泰戈爾《安娜卡列其娜》

「所有平凡的事物都有著不平凡的意義」（第四例），主語中（「平凡」）和受詞中（「不平凡」）則是形容詞（亦即詞組的加語）二分；「說與不說，也沒甚麼分別」（第五例），主語（「說」）、補詞（「不說」）形成動詞二分。至於第六例爲「快樂」、「不快樂」二分形成的對句，「所有不快樂的家庭則各有其獨特的不快樂的理由」重出「不快樂」。以表態句爲例：

7. 阿爾帕斯與五老峰，雪西里與普陀山，萊因河與揚子江，梨夢湖與西子湖，建蘭與瓊花，杭州西湖的蘆雪與威尼斯夕照的紅潮，百靈與夜鶯，更不提一般黃的黃麥，一般紫的紫藤，一般青的青草同在大地上生長，同在和風中波動——他們應用的符號是永遠一致的，牠們的意義是永遠明顯的，只要你自己性靈上不長瘡瘢，眼不盲，耳不塞，這無形跡的最高等教育便永遠是你的名分，這不取費的最珍貴的補劑便永遠供你的受用，只要你認識了這一部書，你在這世界上寂寞時便不寂寞，窮困時不窮困，苦惱時有安慰，挫折時有鼓勵，軟弱時有督責，迷失時有南鍼。

——徐志摩〈翡冷翠山居閑話〉

8. 然而，生時有些東西可以不戀而戀，不惜而惜，擺脫這個世界的一切窠臼桎梏，在清明自在之天空相見。

魔障與陷阱俱由心生，而且生在世俗知見的每一處角落，那是人身人心之蔽，我們不爲也！

——方杞《痴情人‧流金卷》

「你在這世界上寂寞時便不寂寞，窮困時不窮困」（第七例），補詞中（「寂寞」、「窮困」）和表語（「不寂寞」、「不窮困」）分別形成二分；「有些東西可以不戀而戀，不惜而惜」（第八例），表語「不戀而戀」、「不惜而惜」分別爲動詞二分（亦即詞聯）。以判斷句爲例：

9. 每次經過那幾排新高樓，我就想起老彭。幸運帶給他的卻是不幸，倘若沒有改建高樓，倘若不那麼忙累，倘若不加蓋頂樓，倘若……

現在都已成爲過去，過去就過去了。時間不能倒轉回來，也許，這就是人類最大的悲哀。

——郭良蕙〈眼看他高樓起〉

10. 如果說：「工作是爲了不工作。」聽起來會不會顯得太激烈？更正確一點說，身爲一個人，一個現代人，是應該懂得享受生活中的種種樂趣，並且時時感到幸福。

從樂趣的角度來看，工作只是整個生活中的一部分，甚至只占一小部分也無妨。

——黃明堅《簡簡單單過日子．時時感到幸福》

11. 「斐爾，」他笑了：「你猜得不錯，我甚麼本領也沒有，就是有一點『忘事』的本領。不過很抱歉，我沒有照你的意思忘掉你，因爲你太重要了，你是我們的業務經理呀！我們全要靠你動腦筋，出點子，把銷路打開，我們公司才有錢賺；公司有錢賺，我們大家才有薪水可領呀！我知道你的責任很重，但我對你也有十足的信心，你一定負得起這個責任的。我在大學裡學工商管理，我學到一個原則——不領導是最好的領導。這話怎麼講呢？如果一個領導人完全信任他的部屬，把責任交下去，任由部屬自由發揮，他的部屬反而會因受到信任，受到器重而更加盡心盡意工作……」

——周腓力《洋飯二吃・風水輪流》

其中「幸運帶給他的卻是不幸」（第九例）、「工作是爲了不工作」（第十例）、「不領導是最好的領導」（第十一例），分別爲主語、斷語間形成二分。而這樣的判斷句似礙實通，表面矛盾卻有深層理蘊可說。以準判斷句爲例：

12.關於這個地方，我是一點興趣都沒有了，得是未得，未得似得，大約算是緣慳。在公車站前瀏覽了一會兒，跳上往天祥的巴士，天色漸漸褪下軟紅絲衫，換了一襲藏青道袍，月來了。

——簡媜《月娘照眠床・月魔》

13.愛你該愛的人，叫婚姻，愛你不該愛的人才叫愛情，所有的女人都守著她們可靠的池塘，爲什麼我獨自鍾情於荒野的溪流。

——張曉風《武陵人》

「未得似得」（第十二例），主語（「未得」）與斷語（「得」）形成動詞二分。「愛你該愛的人，叫婚姻，愛你不該愛的人才叫愛情」（第十三例）分別爲準判斷句（以「叫」爲準繫詞），以「不該」、「該」形成二分對句。

二・繁句與複句

以繁句爲例，如：

1.「説得像公民課本似的。到底還是年輕，仍然喜歡用不嚴肅來對待嚴肅。」緊了緊我的手，你像一個不放心的神父爲我進行堅振禮：「眞羨慕妳能夠專心成爲一個畫家，而我還是以不能夠成爲一個詩人爲憾的。我一直相信眞正不朽的還是藝術。無論是畫，是詩。繪畫的視界帶領我們掙脱超越凡俗的觀點；而詩歌則建構了一個天眞爛漫的非現實實體。」

——曹又方《天使不做愛．快樂旋轉馬》

2.因此，愛是預先安排和預備被愛者的可能優點。所以，愛使我們看到不愛時所看不到的東西，因此，愛使我們充實。最重要的是，一個男人對女人的愛，好像是希望轉變，好像是希望超越自己，這種愛在我們內心產生一種轉徙的趨勢。

——奧德嘉・賈塞特《哲學與生活》，劉大悲譯

3. 以痛苦爲不痛苦
以沈悶爲不沈悶
以殺伐爲不殺伐
以寂寞爲不寂寞

——陳黎《親密書・影武者》

「喜歡用不嚴肅來對待嚴肅」（第一例）爲敘事繁句，受詞爲詞結（「用不嚴肅來對待嚴肅」），包含二分。「愛使我們看到不愛時所看不到的東西」（第二例）爲致使繁句，包含「愛」、「不愛」，「看到」、「看不到」之二分。至於「以痛苦爲不痛苦」、「以沈悶爲不沈悶」、「以殺伐爲不殺伐」、「以寂寞爲不寂寞」（第三例），均爲運用二分之意謂繁句。

以複句爲例，如：

1. 鐵良在挹雲禪院向方丈訴苦說：「此身進退兩難，已不由自主」，方丈勸他說：「當你領會得此身不由自主，即可自主」。於是鐵良向方丈下跪，請求方丈開示如何自主。

——羅龍冶《歷史的藥除・劍俠》

2. 他終於出現了，在電話上，他問：

「你快樂嗎？」

「離開你是我最快樂的事。」

「你不是快樂。你是讓我不快樂後，你才覺得快樂。」

——曾麗華《流過的季節·緣薄》

3.是的，阿爺，我慢慢的終於懂了！可是阿爺，您知道嗎？當我懂得愈多的時候，我發現自己不懂的事情更加增多。下山這幾年來，我從那個城市轉到這個城市，從日校唸到夜校，從工寮住進公寓，逐漸地熟稔城裡的一切，然而我仍然覺得，我對它一無所知！

——莊華堂《土地公廟·遮住陽光的手》

「當你領會得此身不由自主，即可自主」（第一例）、「你是讓我不快樂後，你才覺得快樂」（第二例）、「當我懂得愈多的時候，我發現自己不懂的事情更加增多」（第三例），均為時間關係構成的複句，上下兩句間包含二分（「不由自主」、「自主」，「不快樂」、「快樂」，「懂」、「不懂」）。

4.我想在這裡特別提一筆其中一位後來與北京大學發生密切關係的教授。他就是約翰·杜威博士。他是胡適博士和我在哥倫比亞大學時的業師，後來又曾在北京大學擔任過兩年的客座教授。他的著作、演講以及在華期間與我國思想界的交往，曾經對我國的教育理論與實踐發生重大的影響。他的實驗哲學與中國人講求實際的心理不謀而合。但是他警告我們說：「一件事若過於注重實用，就反爲不切實用。」

——蔣夢麟《西潮》

5. 我想到自己在筆記簿中潦草寫下的一句話：如果你的風格無法統一，就讓不統一成爲你的風格。也許有人會以爲這串隊伍根本充滿了滑稽的氣質，完全喪失喪禮所應有的莊嚴和哀傷；但是不要忘了，滑稽的出現就是一種最大的悲哀，因此我仍然堅持稱之爲「一串充滿哀傷的隊伍」。

——林清玄《紫色菩提．黑衣筆記》

「一件事若過於注重實用，就反爲不切實用」（第四例）、「如果你的風格無法統一，就讓不統一成爲你的風格」（第五例），均爲假設關係構成的複句，上下兩句間包含二分（「實用」、「不切實用」，「統一」、「不統一」）。

6. 一個根深蒂固的觀念總不時提醒我：會飛的動物不見得自由，不會飛的動物卻一定不太自由。

7. 明理的人改變自己來迎合世界，不明理的人卻堅持要改變世界來迎合自己。所以進步完全要依賴不明理的人。

——梁寒衣《赫！我是一條龍・繳械！伸出你的舌尖》

——蕭伯納

「會飛的動物不見得自由，不會飛的動物卻一定不太自由」（第六例）、「明理的人改變自己來迎合世界，不明理的人卻堅持要改變世界來迎合自己」（第七例），均為轉折關係構成之複句（以「卻」為轉折），上下句間含有二分（「會飛」、「不會飛」，「明理」、「不明理」），第七例上下兩句並兼回文修辭（「世界」、「自己」）。

8. 露珠要保持它的透明、晶亮、圓融，必須孤獨。但它並不孤獨。世界環伺著它，而且投影於其中。我願向露珠學習。

——白靈〈十句話〉

9. 她還沒有離婚，張就辭了職，匆匆離開小城了。在他離去之前，她來公寓與他話別。她對他絲毫沒有恨意，但是她卻忍不住遺憾，他該成熟時而不成熟，而該不成熟時卻成熟得毫無一點力量。

——於梨華《雪地上的星星・插曲》

「必須孤獨。但它並不孤獨」（第八例）、「他該成熟時而不成熟，而該不成熟時卻成熟得毫無一點力量」（第九例），亦爲轉折關係構成的複句（「但」、「而」爲轉折），分別以「孤獨」、「不孤獨」，「成熟」、「不成熟」形成二分敘述。

叁・二分法與結構

除了遺詞造句之外，二分法可運用在結構設計上。如：

1. 恨君不似江樓月，
南北東西，
南北東西，
只有相隨無別離。

恨君卻似江樓月，
暫滿還虧，
暫滿還虧，
待得團圓是幾時？

——呂本中〈採桑子〉

2. 欲寄君衣君不還，
不寄君衣君又寒，
寄與不寄間，
妾身千萬難。

——姚燧〈憑闌人〉

第一例以「不似」、「似」二分的比喻，展開推衍與設問，寄寓繾綣思君情意；一反一正，均爲心心念念。第二例，透過「寄」、「不寄」二分情境的思索，依違於理性與感性認知間，逼出兩難心情之眞實。現代詩中：

3. 一個手指頭

輕輕便能關掉的
世界
卻關不掉
逐漸暗淡的螢光幕上
一粒仇恨的火種
驟然引發熊熊的戰火
燒過中東
燒過越南
燒過每一張焦灼的臉

4. 所有沸騰的人聲，呼嘯的風雨
仍然在耳邊
我放下所有的心事
恭讀 您的遺囑
卻發現遺囑裡的每一個字
都是我放不下的心事

——非馬〈電視〉

——蕭蕭《悲涼．讀 國父遺囑》第三節

第三例以「關掉」、「關不掉」二分的轉折，發揮看電視關時的聯想，由實（「螢光幕」上的光點）而虛（「一粒仇恨的火種」），引申擴大。第四例亦以「放下」、「放不下」二分轉折，由對方至己，逼出感悟。反觀：

5. 說鳥不自由
鳥飛在空中
說鳥自由
鳥在宇宙大樊籠

有語誑
語不誑
都好

高興就好

——許悔之《陽光蜂房・鳥語》

6. 碑是起點
看不見青草和綠苔
看得見相思

——何光明《寫給春天的情詩・情詩三行・墓》

第五例分別對「鳥」、「語」作二分觀點的呈現，並以「都好」統攝，「高興就好」點出主旨，隱指對立而並存的眞實。第六例以「碑是起點」開門見山（「碑」與「悲」雙關），推衍「心眼」（非「肉眼」）所見的二分情境，餘味無盡。至如：

7. 他走著　雙手翻找著那天空
他走著　嘴邊仍吱唔著砲彈的餘音
他走著　斜在身子的外邊
他走著　走進一聲急煞車裡去
他不走了　路反過來走他

他不走了　城裡那尾好看的週末仍在走
他不走了　高架廣告牌
　　將整座天空停在那裡

——羅門《羅門詩選・車禍》

則前後形成二分結構。第一小節排比鋪陳車禍前的主體觀點，第二小節排比刻畫車禍後變成的客體觀點；藉由畫面鮮明對比，傳達主客體互動關係。凡此，則二分法在寫作上運用之大要也。

注釋

❶雙襯另如「大地的光芒從太陽而來，使人有力量抗拒黑暗與恐懼。人的光芒從大無畏的精神而來，若得這種精神，什麼淚都可以勇敢的流，也可以勇敢地不流」（吳英女《布袋蓮・曙光與蝴蝶》）。

❷另如「他因為對自己的同胞不忍下手殺害，被以『抗命』的罪名打得遍體鱗傷，甚至左邊的耳朵也被打聾了，這隻聾耳經過三十幾年了，一點聲音都聽不見，唯一聽見的是南京城裡無辜百姓的哭號」（林清玄《白雪少年・滴血之港》）、「故事都可說破，不破的是步履，即使鞋破了，腳也繼續趕路」（許達然《土・破鞋》）、「要去印度了，心情有點像十六、七歲的女孩，知道前面有一場驚心動魄的戀愛，那人的粗細長短似乎並不重要，重要的是，我要談戀愛了，這是大事，極慎重極興奮，是秘密的隱私，卻又恨

不得昭告天下」（張曉風《再生緣．情塚》）、「到現在，還是喜歡看阿嬤梳頭，及腰雪髮與晨絲相纏。『茶仔油』的味道依然熟悉——她終於探聽到『利澤簡』有一家雜貨店還賣這種油，專程坐火車回去打兩瓶。日子不會老，老的是肉體凡軀，二十多年過了，我變了千萬個臉孔心性，阿嬤還是每日梳一個緊緊的髻」（簡媜《月娘照眠床．銀針掉地》）。

❸回文另如「士貴取心冥境，不貴取境冥心」（屠隆〈答李惟寅〉）、「不能確定孤獨使生命變形，還是不孤獨早已變形了生命」（亮軒《寂寞滋味．密語》）、「我對教育的看法是，好的小孩教不壞，壞的小孩教不好」（林清玄〈日日湧清泉〉）、「我不打發日子，日子天天打發我」（梁實秋〈十句話〉）、「不成熟的愛說：『我愛你，因爲我需要你。』成熟的愛說：『我需要你，因爲我愛你。』」（佛洛姆《愛的藝術》）。

❹敘事句另如「他還是要攀越無法攀越的高山，渡過不能渡過的大海，我深深知道」（渡也《永遠的蝴蝶．遺言》）、「即使你們暫時不完全懂也沒關係，因爲有些東西是不會死的，總有一天大多數人會懂的。寂寞的人終會創造出不寂寞的局面」（徐宗懋〈整整一年，又來到天安門廣場〉）、「倒像看著一個人的半邊臉，由於角度不對，始終窺不見全貌，但又拼命去想像去推測看不到的另外半邊臉，想抓住明知自己抓不住的輪廓」（溫任平《黃皮膚的月亮．用火光照亮那一疊舊聞》）等，敘事句與補詞，如「愛情便是一種強烈的趨向對方並與之溶合的慾望。理性，早已全然無法作用於非理性的愛情了。竟然無可避免地與早先各自平衡的生活拒斥起來。他們都十分明白，維繫到無法維繫並安於某種既定現況的時候，便意味著終結」（曹又方《天使不做愛》）、「後來我發現，跟我一樣喜歡看NG 鏡頭的人很多，我想這是一種探知

眞相的快樂，一次的完美來自許多次的不完美，任何人都跟我們一樣會跌倒，跌倒了仍然要重新來過」（蕭蕭《47歲的蘇東坡，47歲的我・救月亮的快樂》），其中「理性，早已全然無法作用於非理性的愛情」、「一次的完美來自許多次的不完美」均是。

他一生缺錢，但他沒缺過笑聲

——談轉折

歷來行文，無不講究起承轉合，以求跌宕變化。就文法角度觀之，句與句間的轉折（亦即轉折關係構成的複句），往往藉「然」、「而」、「乃」、「顧」、「反」、「卻」等關係詞加以連繫；然就修辭角度而言，其間變化不外乎先抑後揚或先揚後抑，所謂「上抗下墜，潛氣內轉」，造成文意的翻疊或落差，產生不測錯綜的趣味。

大抵抑揚轉折的表現形式有四：

一．藉二分、相對、排比，加以映襯翻轉

以現代文學爲例，如：

1.曾經有人問我，你什麼時候開始熱愛生命？我眞的無從回答，也許我一生下來就有這種感情，也許來自於我自己的父母，我的父親是一個樂善好施的人，他一生缺錢，但他沒缺過笑聲。

——利奧．巴士卡力《愛．生活與學習》

2.是的，我要結婚了，跟一個你根本沒聽說過，也根本想像不到的女孩結婚。她懂得實在不多，剛剛好夠懂得如何用更多的信任讓我誠實，而不是以猜忌、揭露使我羞辱；剛剛好夠懂得容忍我爲自身的integrity而冒險，並且不能容忍我以她做爲怯懦的藉口；剛剛好夠懂得容忍我在人際上的傲岸無能，卻絕不會允許我有一點點智識上的自滿和誇耀。

——楊照《軍旅札記》

3.我是這麼想。我說張伯其是個吃軟飯的寄生蟲，店裡每個人都知道，但是沒有人會說出來，反正不干別人的事，他老婆他孩子也都知道她們吃的飯是怎麼來的，但是她們不介意，這是什麼社會喲，什麼都不缺，缺的是骨氣。

——鄭寶娟《短命桃花．弱者》

4.「不過老韓有點不應該，他自己不要錢，可是也不能擋別人財路呀——」一個女人說：「我們是什麼都不要，就要錢，老韓是什麼都好，就是不要錢——他媽的，我不信這年頭清高值幾個錢。」

——小野《黑皮與白牙》

第一例「他一生缺錢，但他沒缺過笑聲」先抑後揚，充滿知足常樂的情味；第二例「她懂得實在不多，剛剛好夠懂得如何用更多的信任讓我誠實」亦先抑後揚，充滿相知相許的貞定；第三例「什麼都不缺，缺的是骨氣」先揚後抑，諷刺語氣極強烈（兩句兼頂眞關係）；第四例「什麼都不要，就要錢」亦先揚後抑，完全是自我嘲弄的口吻。似此，均以二分法的敘述❶，翻轉變化。

此外，透過「有」、「無」（沒有）相對，亦可形成同樣的效果。如：

5. 「四面人」的標準樣板是：放棄立場自以爲是開明，泯滅是非自以爲是圓通，不談正義自以爲有遠見，破壞法規自以爲占便宜，模稜態度自以爲可以應萬變……凡事只求出名、只求賺錢、只求賣乖、只求展施其縱橫之術……「四面人」名利雙收，樣樣都有，就是沒有骨氣。

——黃永武《愛廬小品・談骨氣》

6. 十二月底時有人找我寫電視連續劇，因爲時間急迫，我住在企畫的家裡寫。那是一百來坪的大房子，一切設備周全，什麼都有，只是沒有人。我寫了一個月，大片的空間與大片的時間，除了我自己和我的故事，什麼都沒有。

——袁瓊瓊《滄桑・缺憾與慈悲》

其中「樣樣都有，就是沒有骨氣」（第五例）、「什麼都有，只是沒有人」（第六例）均屬先揚後抑的感慨。至於透過排比，形成轉折，如：

7. 我喜歡認眞的人——認眞工作、認眞戀愛、認眞遊戲，乃至認眞墮落……。認眞，是一種生活的美學，是對歲月的深愛，是對生命不能忘情的感謝。

——焦桐《我邂逅了一條毛毛蟲》

8. 這是一個勇於生存、勇於創造、勇於消耗的年代。

（至於我呢？我又勇於註腳些什麼呢？）

勇於矜持、勇於怯懦、勇於迴避。

「勇於」的後面，是可以接正、反兩種價值的啊。

——陳樂融《你情我願·勇於》

第七例「認眞工作、認眞戀愛、認眞遊戲」、「認眞墮落」四句排比，第四句語意翻轉。第八例由「勇於生存、勇於創造、勇於消耗」至「勇於矜持、勇於怯懦、勇於迴避」，亦在排比形式中轉換變化，打破心理預期的慣性。

二・藉頂真、破折號的運用，推衍變化

如：

1.有一位小姐說：「我是這樣的脾氣。我喜歡孤獨的。」

獏夢低聲加了一句：「孤獨地同一個男人在一起。」

我大聲笑了出來。幸而都在玩笑慣了的，她也笑了。

——張愛玲〈氣短情長及其他〉

2.我的腦袋愈加疼痛。我倏地醒悟我們其實一直都被套牢在一個既窄又小、又蠢得可笑的框框裡，我們自詡喜愛開闊，其實卻是一群眼光胸襟都如老鼠一般的雜碎。我們對什麼東西都不寬容，只寬容自己的惡劣。

——郭箏《好個蹺課天》

第一例以「孤獨」頂眞，先揚後抑；第二例以「寬容」頂眞，亦先揚後抑，造成一褒一貶間語意差距的張力。至於現代小說中：

3.新年裡面，也沒有什麼生意，一進門的一張桌子，卻有一個少女朝外坐著，穿著件淡灰色的舊羊皮大衣，她面前只有一副杯箸，飯菜還沒有拿上來，她彷彿等得很無聊似的，手上戴著紅絨線手套，便順著手指緩緩地往下抹著，一直抹到手丫裡，兩隻手指夾住一隻，只管輪流地抹著。叔惠一看見她便咦了一聲道：「顧小姐，你也在這兒！」說著，就預備坐到她桌子上去，一回頭看見世鈞彷彿有點躊躇不前的樣子，便道：「都是同事，見過的吧？這是沈世鈞，這是顧曼楨。」她是圓圓的臉，圓中見方——也不是方，只是有輪廓就是了。蓬鬆的頭髮，很隨便地披在肩上。世鈞判斷一個女人的容貌以及體態衣著，本來是沒有分析性的，他只是籠統地覺得她很好。她的兩隻手抄在大衣袋裡，微笑著向他點了個頭。

——張愛玲《半生緣》

4.跟他跟了多久？有九年了吧？從來不知道他是不是也一如那樣無心般的對別人，兩個人中間什麼也沒有，除了歲月——各自的歲月，她還求什麼？如果他願意多付出一點，她倒是願意犧牲一次幸福的機會，從頭開始。

——蘇偉貞《紅顏已老》

第三例「她是圓圓的臉，圓中見方——也不是方，只是有輪廓就是了」，藉破折號的延宕，修正對顧曼楨面貌的認清。第四例「兩個人中間什麼也沒有，除了歲月——各自的歲月」，以倒裝敘述，逼出女主角心裡的哀感；尤其藉破折號，再轉出更深的悲意；所謂「各自的歲月」，終屬一己無邊的寒涼。反觀現代散文：

5. 科學家一頭鑽進一個和平中立的理想國度，可是沒想到到頭來，仍碰上不變的問題——人。每次我大談理想，便有人對我潑冷水。有句話最教我心寒，他說——所有的改革都是受歡迎的——只要它不妨礙別人的利益。臺灣漸漸富裕了，可是事實上，世界的形態已經從軍事到經濟，慢慢演變成以科技控制的帝國主義形態。我們因爲有錢而沾沾自喜，不肯根本地去改變自己的內在結構，根本上，仍然是一個殖民地。

——侯文詠《點滴城市．科學家與新聞記者》

6. 基隆路上奔馳了整夜的卡車和貨櫃，破曉前，總擁有一分奇特的安謐和寧靜——一種缺乏之穩定性和安全感的安謐和寧靜。蟄伏在夜幕底下的臺北，彷彿是鋼鐵、水泥、玻璃和磁磚構成的龐大叢林，那是憑藉個人心智和力量所無法企及的團體傑作。巨碩而錯落的建築物，此刻正如墓場中的碑石般，吞噬無數人口，鎮住無數因緣聚合、無數苦集滅道。

——林燿德《一座城市的身世．靚容》

「所有的改革都是受歡迎的——只要它不妨礙別人的利益」（第五例）、「總擁有一分奇特的安謐和寧靜——一種缺乏穩定性和安全感的安謐和寧靜」（第六例），亦分別在破折號後補充說明，逼出眞正意旨所在。新詩如：

7. 一場雨後

池塘裡又有了水
只是薄薄一層透明
便容下整個天空的倒影
路過的鷺鷥也發現了什麼
緩、緩、飛下來
池中走動著
似一隻觀察地形的斥候
偏著頭，打著
小小的問號，白色的——
喏，這下像有了答案

牠舉腳察看趾掌
伸長長的尖嘴，俯身
與水中的自己
接吻——啊不
泥鰍

——白靈《大黃河．旱象》

則在「與水中的自己／接吻」，藉破折號，反撥轉折，提出更正；是合乎實景的巧思，有不測之趣。事實上，諸多笑話的趣點，常借助頂眞、破折號，旋乾轉坤。如：

8.從前有一人怕老婆，朋友教他將老婆的畫像掛於密室，每天早上噴上一口水，指著畫像說：「不怕你，不怕你。」這樣就可以膽子壯起來，不再怕她。

一天早上正在如法行施，被老婆發現了，無名火起，伸手欲毆其夫，這人忙道：

「莫打莫打，我下一句還沒說出來呢！」

老婆問：「下一句怎麼說？」

這人道：「不怕你，不怕你，不怕你怕誰？」

9\. 某業務經理說：「我看到銷售圖表高到前所未有的高——不過是倒過來看的。」

第八例以「不怕你」頂眞轉關，表現出懼內的情態；第九例以破折號的補充說明，幽了自己一默；綿裡藏針，笑聲中飄升一縷苦澀。

三．改變敍述次序，造成逆轉趣味

這樣的逆倒敍述，往往不限於轉折關係構成的複句。如：

1\. 鄭肇財一上臺，鞠了躬，忽然他的手一舉高，說「林金協是人民的公敵！」鄉愚們一楞，他們被鄭肇財這樣的話所驚嚇，平常他們的聽覺都十分遲鈍，但對這樣的話很是敏感。

馬上，臺上執法的人站起來，準備要來警告。

但鄭肇財停一下，立刻把舉高的手放下來，他說：「我也是人民的公敵，假若我們的話都是欺騙人民。」

鄉愚們被這樣一句一緊一鬆的話刺激得高興起來，便拍起手了，嘩啦啦地，幾幾乎是震動天地。

——黃凡〈鄉選時的兩個角色〉

2. 甘迺迪逝世後，賈桂琳不理睬全美國的青年，逕自遠去希臘下嫁老歐納西斯。她不說話，只用行動表示：「我能抗拒一切我國青年，只除了嫁給外國老富翁」，誠如阿拉伯諺語說的「對女人而言，與其以自己所愛的男人爲丈夫，倒不如嫁給愛自己的男人」。

——陳火泉《悠悠人生路．雙桐生枯井．枝葉自相加》

3. 「人要絕情因爲他是念舊的。」蘇杉雙眼濡溼。莊嚴蒼瑟的菩提樹越過群樹展向天際，形成廣闊的華蓋俯臨大地。「不能不承認弱小和渺茫。」

——林蒼鬱《尋找野甜菊》

第一例「我也是人民的公敵，假若我們的話都是欺騙人民」，屬於假設關係構成複句的逆倒，運用先抑後揚的演說效果；第二例「我能抗拒一切我國青年，只除了嫁給外國老富翁」，屬於排除關係構成複句的逆倒，形成先揚後抑的諷刺；第三例「人要絕情因爲他是念舊的」，屬於因果關係構成複句的逆倒，呈現情感的矛盾轉折。

事實上，逆倒敘述的安排，一向頗能收詼諧逗趣之功。如：

4. 小學六年級，一個總是被老師抓去打手心的同學，某日突然對我說：「我告訴你一個壞消息，再告訴你一個好消息！」他故作神秘地：「要不要聽？是我剛才從老師那裡偷看到的。」

「當然要聽！」我一下子緊張起來，催他快說。

「壞消息是你的算數月考不及格！」他把「不及格」三個字說得特別重而慢，讓我的心好像連摔三級似地滾進深谷，額頭、手心的汗，一下子冒了出來。

「再告訴你好消息吧！」他得意地笑著：「剛才的壞消息是我編的！」

三十年了，小學的事情多半忘記，這一幕卻依然那麼清晰。我常想，明明只是那麼平凡的一天，那麼莫名其妙的惡作劇，事實上不曾發生任何事，卻爲什麼那樣難忘！

——侯文詠《頑皮故事集》

5. 女：「親愛的，你那疊信確實在冬夜裡帶給了我無限的熱情與溫暖。」

男：「眞的！你看完我的信感動了？」

女：「哦！不！我把它扔進火爐裡取暖了。」

6. 小王向小珍發誓：「妳是我這輩子第一個也是最後一個愛上的女孩。」

小珍羞著臉問：「眞的嗎？」

小王：「如果中間的不算。」

7.在一個月亮高照，星光滿天的清涼夜裡，男孩子含情脈脈地對女孩子說：「喔！你的眼睛就跟天上的月亮一樣。」

女孩子：「哇！眞的呀！」

男孩子：「對呀！一個像初一，一個像十五。」

由以上笑話可明顯看出個中竅門，全在顚倒敘述的轉折上；千變萬化，如出一轍。至於劉靜娟所述：

8.我和霞在永和某小巷弄間找門牌，門牌不醒目，卻在轉角一家的門柱上、牆上、門旁電線桿上，各看到一張白紙黑字大字報，上寫：

此處禁倒垃圾、廢棄物。喪家除外。

我和霞同時爆笑開來。這是何等特別的「優惠待遇」！裡邊盛著多少厭惡、憤恨，以及自己求取心理平衡的、千折百轉的意涵。

——《成熟備忘錄・大字報文化》

所謂「此處禁倒垃圾、廢棄物。喪家除外」，則諷刺之意，昭然見於逆倒敘述間。

四．藉邏輯、不同說辭，故布疑陣；而後掀出答案，急轉變化，使人會心

如：

1華西街是一條好玩的街，兒子對毒蛇發生強烈興趣的那一陣子我們常去。我們站在毒蛇店門口，一家一家地去看那些百步蛇、眼鏡蛇、雨傘節……。「那條蛇毒不毒！」我指著一條又粗又大的問店員。「不被咬到就不毒！」沒料到是這樣一句回話，我爲之暗自驚嘆不已。其實，世事皆可作如是觀，有浪，但船沒沈，何妨視作無浪；有陷阱，但人未失足，何妨視作坦途。

——張曉風《步下紅毯之後．種種可愛》

2.朋友三十多歲生了一個兒子，非常高興，很多人圍著他祝賀，「不過，」他說：「他只長了一隻右手。」大家頓時一楞，怎麼會這樣？好好一個嬰孩卻只有一隻右手？有的人急切地開始探索原因，有的人誠懇地開始轉賀喜爲安慰，問他其他器官是不是正常？笑了一笑，朋友又說：「左手也只有一隻。」大家才知道剛才被他唬住了，打打鬧鬧，更增加了喜樂氣氛。想想也是啊！右手本來就只該有一隻。

——蕭蕭《在尊貴的窗口讀信．手的位置》

3.最傷感情的是，我這從小喜歡哼哼唱唱的人，如今成了啞口葫蘆，儘管弟弟常譏笑我是變調大王，可是每天清晨起床先大唱三回合仍是一件痛快淋漓的事。有回記者問我，在什麼情況下喜歡唱歌，我告訴他：「在快樂的時候，」停了一下，再加上一句：「以及，不快樂的時候——」如今每一想到不論快樂或不快樂，此後再也無法歌唱，就忍不住一陣黯然神傷。

——杏林子《相思深不深．白頭公》

第一例在作者渴望答案的心理下，答之以「不被咬到就不毒」的事實，天外飛來一句，雖似廢話，卻也合乎邏輯。第二例以「他只長了一隻右手」引起驚奇，再「左手也只有一隻」，使人啞然失笑。似此，配合語意上的雙關，亦讓合乎邏輯的廢話變得趣味盎然。第三例作者回答記者追問在什麼情況下喜歡唱歌，答之以「在快樂的時候」、「以及，不快樂的時候——」，配合延宕的預期心理，亦使合乎邏輯的廢話產生意想不到的效果。至如不同說辭的抑揚轉折：

4.他們一起下樓梯，才發現外頭又是一片雨，那班代睃了他一眼，笑說：「又忘了帶傘了？」

「沒忘！」他說：「想不起來而已！」兩人哈哈大笑起來。

同室的那個瘦皮鬼到底是跑去念MBA了吧！這個打高空的傢伙，PH．D拿到了又怎樣？哪個教授說的：「七十年代啦！就別再想作個愛因斯坦了吧！能有這樣大的見識思想？」

他這半生也是，拿了博士又怎樣呢？耗去了他青春光陰終究只是浮花浪蕊吧！在浩瀚的時代長河裡，原來他竟不過是載浮載沈。

——盧非易《日光男孩》

5.阿寶生性好哭。這天不知爲了何事又淚眼朦朧，問她怎麼又哭了？卻聽她道：「我沒有哭，我祇是給睫毛澆水。」

——謝鳳賢〈灌溉〉，見《趣譚》

第四例「沒忘」說得理直氣壯，接著道「想不起來而已」，則另闢蹊徑；先揚後抑，以不同的說辭（卻是相同的意思）自我迴護。第五例「沒有哭」亦自我迴護，而後「我祇是給睫毛澆水」亦以不同說辭道出相同情境，令人莞爾。至於阿嫚所謂：

「啊，我不是變心，我只是不善於等待！」

——《世間女子》

更是玩文字遊戲，粉飾眞相，欲蓋彌彰，徒落人笑柄。

綜上所述，可見轉折觀念在修辭中的運用極爲靈動活潑，善用轉折，將使文意往返變化，充分發揮諷刺嘲弄或幽默逗趣的效用。

注釋

❶另如「歌是平常的歌，不平常／是唱歌的年代，一起唱的人」（余光中《在冷戰的年代‧在冷戰的年代》）、「我就是我，北京人一樣地站著／堂堂的北京人我就是／屬於中國／不屬於北京」（余光中《白玉苦瓜‧西出陽關》）。

世味年來薄似紗

——談比喻類型

壹．簡喻與詳喻

李煜〈清平樂〉：

別來春半，觸目愁腸斷。砌下落梅如雪亂，拂了一身還滿。

雁來音信無憑，路遙歸夢難成。離恨恰如春草，更行更遠還生。

詞中上下闋均運用完整的比喻。上闋用飄落雪花喻飄落梅花，接著說明不斷飄落身上，拂去又有新的飄落。下闋用具象春草喻抽象離恨，進而說明春草遍及遠方，不斷生長；深刻勾勒離恨隨空間擴大而增強添濃的特性，寫來非常傳神，被公認爲詞中名句。

歷來比喻，用來比喻的物象，亦即用來比方說明主體的另一事物（喻依），往往以名詞居多；以此檢驗，其中大抵可分爲二個類型。

一．簡喻

只簡單比喻，沒有再從比喻的名詞上繼續推衍，展開聯想，形成因果關係。如「水寒風似刀」（王昌齡〈塞下曲〉）、「心輕萬事如鴻毛」（李頎〈送陳章甫〉）、「天階夜色涼如水」（杜牧〈秋夕〉）、「風雨不動安如山」（杜甫〈茅屋爲秋風所破歌〉）、「詩愁莫寫愁如海」（朱弁〈春陰〉）、「世味年來薄似紗」（陸游〈臨安春雨初霽〉）、「塵滿面，鬢如霜」（蘇軾〈江城子〉）、「明月如霜，好風如水」（蘇軾〈永遇樂〉）、「春歸如過翼」（周邦彥〈六醜〉）、「歸興濃如酒」（汪藻〈點絳脣〉）、「二十餘年如一夢」（陳與義〈臨江仙〉）、「杏花如雪」（范成大〈憶秦娥〉）、「一星如月看多時」（黃仲則〈癸巳除夕偶成二首〉）等。

二．詳喻

以比喻的名詞爲銜接點，底下或配合動詞，發展出更深更細的思維；或利用名詞屬性，作相關連鎖的申論、說明。如張九齡〈自君之出矣〉：

思君如滿月，
夜夜減清輝。

以「滿月」爲喻，並配合「減清輝」的後續發展，述說月亮由圓而缺，人將由豐腴而消瘦。杜牧〈汴河阻凍〉：

浮生恰似冰底水，
日夜東流人不知。

以「冰底水」爲喻，由「東流」展開對浮生流逝的感受。同樣，歐陽炯〈江城子〉：

空有姑蘇臺上月，
如西子鏡，照空城。

用西施的圓鏡比喻姑蘇臺上的明月，配合「照空城」的情境，逼出物是人非、歷史無常的慨嘆。

張先〈千秋歲〉：

　　心似雙絲網，
　　中有千千結。

用「雙絲網」喻兩人內心，並藉著網的本身造形，點出其中處處打結相繫，正如彼此內心無限牽念，永不斷絕。

大抵詳喻較簡喻更能推衍申論，將喻意解說得更清晰更明白。以「路」爲對象（喻體），王鼎鈞散文：

1. 路是一些射出去的箭。

——《情人眼．告訴你》

2. 我擠到前面去。乍看公路是一匹灰色的布，上面打著許多補釘，方補釘扁補釘交錯羅列，中間留一條細邊。人在這條邊上小心翼翼的走動，不敢碰那些方形。這是一種防禦工事，故意在路面上挖些坑洞，阻擋敵人的戰車，只容單人步行沿著坑緣走。

——《山裡山外・捉漢奸》

很顯然，第一例是簡喻，用「箭」比「路」。第二例是詳喻，用「灰色的布」比喻，並詳加說明路上狀況（上面一些坑坑洞洞就像布上「打著許多補釘」）。又以「鏡子」爲喻依，西方作家謂：

3. 報紙乃世界的明鏡。

——愛理斯

4. 世界是一面鏡子，使人人能看見自己的面目。你對他顰眉，它也報你以苦臉；你笑它，與它同笑，便覺得它是個有趣仁和的友伴。

——薩克萊

第三例爲簡喻，指出報紙有鏡子的功能，第四例爲詳喻，認爲世界如鏡子般能反映自家面貌，並剖析說明不同情境時的變化。

至於現代作家，觀察入微，敏於聯想，無不擅長詳喻，作深刻、鮮明的解說。如：

1.當我們漸漸長大，不同的價值觀就如同路邊更行更遠的路燈，映照出不同的影子，我們只知道依照當前的價值觀去追逐投射在路面上的影子，卻不知道在追逐的過程中，我們已拋棄了最初的理想。

——楊明《我以為有愛．影子》

2.子夜已過，遠處燈影迷濛、犬聲不絕，我突然想到亂世文化恰似路燈柱子，雖說照亮了幾個夜行人的歸途，到底禁止不了貴婦牽著的狗在柱子上撒尿。

——董橋《跟中國的夢賽跑．處暑感事兼寄故友》

楊明用「路燈」比喻「價值觀」，用「映照出不同的影子」剖析人們迷於短視的追逐，終而尋虛逐微，忘掉當初堅持的理念；寫來發人深省。董橋用「路燈柱子」比喻「亂世文化」，指出亂世文化雖是飄泊心靈的歸宿，但有些人棄之如敝屣，就像牽狗在上面「撒尿」，以逗趣比喻諷指亂世中文化不振的悲哀。以「宗教」為對象：

3.宗教對於他們好像是一塊很脆很薄的玻璃，一伸出懷疑的手，便會把它擊碎。

——《洛夫隨筆．神在心中》

4.宗教如螢火蟲，為了發亮，非要有黑暗不可。

——叔本華

若謂「宗教是人民精神的鴉片」或「宗教是人類精神的枴杖」爲簡喻，於此詳喻則用脆薄「玻璃」、「螢火蟲」比喻「宗教」；第三例由玻璃指出宗教建立在信仰上，不是從懷疑出發。第四例由螢火蟲指出宗教的特質在引導徬徨無助的心靈，使人們精神上有希望之光的朗照。以「名聲」爲對象：

5. 名有多大，謗也有多大，不實的虛譽後面，更隨著許多莫須有的罪名，像償債的冤鬼，步步不寬饒。所以古諺認爲「負天下之名者，而天下之謗恆隨」，名聲像個箭靶，邀來各方的毒箭，迷信一點說：「名者造物所忌」，最好不要多取。

——黃永武《愛廬小品・好名》

6. 財富如同海水，愈喝愈渴；對名聲的追求亦然。

——Schopenhauer

7. 一個人的名譽，好像是他的影子，有時比他長，有時跟著走，有時在前行。

——孟德斯鳩

若謂「名聲是英勇行爲的香水」（蘇格拉底）或「名聲有若輕煙」（格瑞里）爲簡喻，於此分別以「箭靶」、「海水」、「影子」喻名聲。第五例指出名聲常引起副作用，人世禍福相倚，宜戒愼知足。第六例指出名聲的本質，如含鹽分的海水，汲汲營營於掌聲的多寡，終日患得患失，無法解渴❶。第七例則藉由影子與身高的不等，指出名多不符實，很難完全一致；因此凡事盡其在我，畢竟「品格是由自己建立，掌聲是別人給予」。以「母親」爲對象：

8.在我書桌底下放著一個被人棄置的木質砧板，我一直想把它掛起來當一幅畫，那眞該是一幅莊嚴的畫，那樣承受過萬萬千千生活的刀痕和鑿印的，但不知爲什麼，我一直也沒有把它掛出來……

天下的母親不都是那樣平凡不起眼的一塊砧板嗎？不都是那樣柔順地接納了無數尖銳的割傷卻默無一語的砧板嗎？

——張曉風《步下紅毯之後．母親的羽衣》

9.現代文明似乎並沒有影響到她，仍然天天到井邊洗滌衣物，把洗衣機擺在一旁。在衆人淡忘這口井的當兒，每天尚以水桶跌打井心的人，自然只有母親了。

她，宛如古井，牢牢的種在那兒，以穩當的體態，默默的來承受多變的人間世。

——黃武忠〈四十九個夕陽〉

10.媽不只是矮低的果樹而已，她更是一株無言的月桂，撐起一把似小實大的綠傘，替我遮去人間的風風雨雨。而自己態度傲慢，言語莽撞，豈不像吳剛手中不停砍伐的巨斧，深深砍傷媽的身心？然而，媽只是無言，沈默地挺立在無邊清寂的深夜，讓傷口一次又一次的合上，留下無數的疤痕。

——張春榮《鴿子飛來．畫樹》

分別藉「砧板」、「古井」、「月桂」比喻，引申出「柔順地接納了無數尖銳的割傷卻默無一語」（第八例）、「默默的來承受多變的人間世」（第九例）、「替我遮去人間的風風雨雨」（第十例），刻畫母親包容、溫和、護持的精神面貌。以「說話」、「言語」為對象：

11.經過了苦難的幾十年，媽媽仍然說話像劈柴，一刀下去，不留餘地，一再結結實實的重數父親當年的是是非非；父親，竟也相當不滿於母親無法出外做事，為他分勞的瘖默，而怨歎憤懣。

——廖輝英〈油麻菜籽〉

12.「你懷不懷，當然，不干我事，」他的臉灰白得像一張久置的舊紙。他瘋狂地叫喊：「你的褲帶，就不能束緊一點！」

他的話，像一束利刀，猛然地剉進她的胸膛。她因羞怒而漲紅了臉，眼淚如傾倒一般流瀉下來。

——陳映眞〈夜行貨車〉

13. 婷婷說完就去忙著吃飯、梳洗、化妝……做赴約前的準備工作。看看時間，她也該準備出發了；但婷婷的言語，像硬嚥下的冰冷湯圓，梗塞在心頭，無法滑動。現在已經知道年齡不相當，怎能把握機會。

——蔡文甫《移愛記・新裝》

分別以「劈柴」、「利刃」、「硬嚥下的冰冷湯圓」比喻不同言語說話，引申出「一刀下去，不留餘地」（第十一例）、「猛然地剉進她的胸膛」（第十二例）、「梗塞在心頭」（第十三例），形成合乎情境的銜接。因此在詳喻運用上，有兩個原則要善加把握。

第一、喻依中的名詞和底下情境的銜接，要前後一致，不可毫無相屬。如：

1. 我放下米鍋，越過竹籬笆穿過鴨塘邊的破魚網奔於險狹的田埂上，田草如刀，鞭著腳踝，鞭得我顚仆流離。

2. 寒風冷雨還是不停的在他身上撲打，像刀割，像針扎，揪著他的頭髮，刺著他的臉頰。

第一例「田草如刀，鞭著腳踝」在銜接上就不夠嚴謹。因用「刀」比喻「田草」，攻擊人的動詞應用「砍」或「拍」較貼切（若要配合「鞭」的動作，上面的比喻則不宜用「刀」）。第二例「像刀割」銜接「揪著他的頭髮」，亦屬動作聯貫的不一致；「像刀割」底下開展出來的動作和「揪」（用手抓）無法銜接。反觀「像針扎」和「刺著他的臉頰」則前後一致，未出現裂縫。同樣，「冷雨如箭，敲響窗戶」爲例，以「箭」爲喻依，應以動詞「射」爲宜；若堅持用「敲響」，則將「冷雨」擬人，逕寫「冷雨敲響窗戶」（或「冷雨敲窗」）即可。又如：

3.「記得我的話嗎？在大海浪裡飄著孤舟，我們的禱告不是祈求浪潮的平息，乃是要有更多的勇氣與毅力去克服這大風險。」韋先生的語調有如午夜的琴聲，撥動了我的心弦，我領悟了，平靜了。

以「午夜的琴聲」喻「韋先生的語調」，再推衍出「撥動了我的心弦」的因果關係，亦不夠謹嚴；蓋琴聲銜接的動詞常是「悠悠傳來，震動了我的心弦」，此處用「撥動」，即將「琴音」擬人，並非絕對不可；然將喻依（「午夜的琴聲」）擬人後再衍申，總屬隔了一層，不夠順暢。

第二、在銜接後，可再進一步展開聯想，形成更豐富更細密的文思。如：

1.今夜星稀，萬户沈沈而天線獨醒，電波如梭，編織戰爭與和平。

——王鼎鈞《左心房漩渦・驚生》

2.在山嶽如獄的四川，他的眼神如蝶，翩翩於濱海的江南。

——余光中《望鄉的牧神・地圖》

第一例以「梭」喻「電波」，以「編織」推衍電波傳送訊息，第二例以「蝶」喻眼神，以「翩翩」捕捉眼神的飄動，均屬簡單的推衍而已。至如黃武忠〈歲月的河床〉：

3.十年間，我宛如一頭牛，馱負著理想的犁，在廣闊的阡陌中埋首耕耘，所冀望的是一季理想的收成。

以「牛」爲喻，以「馱負」推衍文思，於是由牛及犁，由犁及耕耘，由耕耘及收成，前後連綿貫下。方莘〈練習曲〉：

4.你的笑聲是一籃甜甜的栗子

撒在我每天去汲水的井旁
到明春，就會成林了吧

以甜栗爲喻，以動詞「撒」承上推衍，進而想像到明春，會長成滿林栗樹。反觀余光中〈紫荊賦〉（《紫荊賦》）：

5.左面的碧煙是相思樹成林
葉細如針，織一張惘然之網
要網住水灰色的天涯嗎？

以「針」喻「細葉」，由動詞「織」衍繹出「網」，再將「網」當動詞，發展出跌宕的問句。似此繼起的推衍，拓寬延展想像，值得善加活用。唯其中推衍，除了補充說明外，亦可轉折跌宕，形成不同寓意。如：

6.政府官員應該像屋頂，無時無刻爲百姓遮烈陽遮風雨，然而，有些官員固然像屋頂，卻要百姓在其屋簷下低頭。

7. 愛情像冰塊一樣，在寒帶堅硬無比，但在熱帶很快融化。

——渡也《夢魂不到關山難・棄之可惜集》

——林忠民語，見喻麗清《帶隻杯子出門・馬尼拉掠影》所引

以「屋頂」喻政府官員，可以是正面衍申「爲百姓遮烈陽遮風雨」；也可以是反面批判「卻要百姓在其屋簷下低頭」；同樣以「冰塊」喻「愛情」，可以取其「在寒帶堅硬無比」的解釋，譬其冷凝，無法給人親近的感覺（或專注而堅貞）；亦可取其「在熱帶很快融化」，喻其完全解凍，釋放熱情（或濫情而易變），可見喻依的運用，不限一格；可以是順勢的發揮，也可以是轉折的逆戟；或藉之稱譽，或因之貶損，端視作者的寓意而定。可見聯想時作者解釋（「喻解」）的重要。又如：

8. 常以爲人是一個容器，盛著快樂，盛著悲哀。但人不是容器，人是導管，快樂流過，悲哀流過，導管只是導管。各種快樂悲哀流過流過，一直到死，導管才空了。瘋子，就是導管的淤塞和破裂。

——木心《散文一束・同車人的啜泣》

9. 很多年以後我才知道，人不是機器上的螺絲釘，人是交響樂團裡的團員。團員一定服從

指揮，但他離開樂團仍然是音樂家。而螺絲釘，若從機器上脫落，就成了垃圾，當然，這其間世事發生了大變化。

——王鼎鈞《怒目少年·大激動》

10. 格言是空罐，罐中飲料已被人喝光，預言也是空罐，某種飲料還沒有裝進去，你是守著那一種罐子的人呢？

——王鼎鈞《左心房漩渦·勿將眼淚滴入牛奶》

第八例以「人」爲對象，可以拿「容器」爲喻，引申其中充滿快樂與悲哀的情緒；亦可以拿「不是容器」，撥去翻疊，轉出「人是導管」的比喻，說明人的一生。第九例亦以「人」爲對象，先撥去「機器上的螺絲釘」的傳統比喻，再轉出「人是交響樂團裡的團員」的個人新喻，並比較辨析其中的差異。第十例同樣講「格言是空罐」、「預言也是空罐」，若不加以解釋辨別，將令人如墜五里霧中，不知兩者差別何在。而高明的作者則能在同一喻體上，有不同的喻依❷；相同的喻依上，有不同的衍申或轉折；有清晰的詮釋與辨解。

貳・相同喻體，不同喻依

論及比喻，其構成成分有三。一是喻體（A），屬於被說明比擬的主體。二是喻詞，包括「如、似、像、是、成、為」等，用以銜接。三是喻依（B），用來說明比擬主體的事物。

A（喻體）像（喻詞）B（喻依）

底下擬從喻體和喻依的關係，掌握歷來比喻的運用。自相同喻體，不同喻依的比較，可以看出比喻運用之妙，聯類無窮。

一・以「愁」為喻體

1. 撩亂春愁如柳絮，悠悠夢裡無尋處。

——馮延巳〈蝶戀花〉

2. 離愁漸遠漸無窮，迢迢不斷如春水。

——歐陽修〈踏莎行〉

3.又覺春愁似草生，何人種在情田裡？

——秦韜玉〈獨坐吟〉

4.更如今，不聽麈談清，愁如髮。

——辛棄疾〈滿江紅〉

5.春愁如雪不能消，又見清明責柳條。

——倪瓚〈竹枝詞四首〉

6.春去也，飛紅萬點愁如海。

——秦觀〈千秋歲〉

7.奈愁濃如酒，無計銷鑠。

——周邦彥〈丹鳳吟〉

分別以「柳絮」喻愁多，「春水」喻愁之無限，「春草」喻愁之生成，「髮」喻愁之密集繁多，「雪」喻愁之凝聚，「海」喻愁之廣大，呈現愁之各種特質。

二・以「記憶」為喻體

1. 記憶像一道奔流江水，不同季節帶動不同顏色，每年春深，珠江流奔澳門，海水青黃各異，涇渭分明。

——張錯《兒女私情・夏的原鄉》

2. 記憶是一個奇怪的水龍頭。沒有人能開，也沒有人能關，有時水大，如長江大河，有時水小，只有一滴兩滴，有時候，只是一個空空洞洞的水龍頭。

——羅青《七葉樹・奇怪的水龍頭》

3. 人生光靠感覺是活不充實的，可是沒有感覺，又活不好。記憶因此連綿而下，像斷斷續續的陰雨。

——蘇偉貞《歲月的聲音・從來沒有忘過》

4. 記憶是一座荒園，長年生長的藤蔓，穿過時間的柵門纏繞在今早你夢裡醒來的臉上。

——陳璐茜《夢在走路・一個綠色陽光的房間》

5. 記憶如花，溫暖的記憶則像花香，在寒冷的夜空也會放散。

——林清玄《鴛鴦香爐・野薑花》

6. 然而我最後一次見到母親是怎樣的音容笑貌呢?實在想不起來，模糊的記憶，也像一堆亂墳崗。

母親在亂墳崗》

7. 記憶是碑石，在沈默裡立起，流浪的雲久久不去，久久不去，像有些哀戚。

——楊牧《方向歸零・程健雄和詩與我》

8. 記憶
在夜裏，
是沒有腳的
液體……

——林亨泰〈回憶〉

9. 未來的歲月在手心，在血液
也許在記憶如慢慢出岫的雲
如風雨夕飛升的雲。請看
桌上紅燭的光暈照他霜雪兩鬢。

——楊牧《禁忌的遊戲・完整的手藝》

分別以「一個奇怪的水龍頭」、「一道奔流江水」、「斷斷續續的陰雨」、「一座荒園」、「花」（「花香」）、「亂墳崗」、「碑石」、「液體」、「雲」為喻。另外「記憶」的相似詞

「回憶」：

——黃永武《愛廬談心事．

10.「回憶」是一位魔術師，他需要一段必需的時間來完成他的把戲。

——王鼎鈞《情人眼．地圖》

11.而我，在這兩個命運相同的民族的共同敵人被打敗後的四十年，從分裂的中國來到南北支離的患難友邦，國破山河在，能無感慨！那久矣淡忘下去的痛苦回憶霎時又似黑袍武士躍馬揮戈朝我奔來，若不是機身猛然抖震，我大概又跌落到那段喪亂難堪的歲月裡去了。

——莊因《紅塵一夢．燃燒的城》

12.回憶是一把鎖，鎖住容易流失的生命。當你察覺回憶有腐蝕你的心靈的危險，趕緊悄悄埋葬它。過去的回憶也會隨著目前美善的心境而變得美善。

——黃克全《一天清醒的心．出賣者》

13.回憶如搖椅，坐在上面雖舒適，搖久就昏憒。

——許達然《遠方．本事》

14.往事的回憶像肥皂水，

多攪拌幾次就會泛起七彩的泡沫，
但是泡沫並不能用來洗濯衣物。

——林彧《戀愛遊戲規則‧泡》❸

15.回憶就像走鋼索，隨時會跌入神秘駭人的想像山谷中。既然如此，又爲什麼不讓自己的感覺輕鬆地在香煙浮起的熱帶叢林間的隙縫游走，尋找恐懼的來源，用自覺講述故事的方式——重新替現實安置適當位置——讓自己更加清醒。

——曾陽晴《謀殺愛情的方法》

分別比回憶爲人（「魔術師」、「黑袍武士躍馬揮戈」），景物（「一把鎖」、「搖椅」、「肥皀水」、「走鋼索」）。

三‧以「時間」為喻體

1.時間是個鐵面無私的監視者，監視芸芸眾生。

——簡媜《水問‧陽光不到的國度》

2.時間像一個無聊的守獄者，不停地對我玩著黑白牌理。空間像一座大石磨，慢慢地磨，非得把人身上的血脂榨壓竭盡，連最後一滴血水也滴下時，才肯俐落地扔掉。

——簡媜《水問．美麗的繭》

3. 時間是心理最好的治療師，但可不是容貌最好的美容師。

——朱德庸《雙響炮》

4. 時間是青春的劊子手。

——赫伯特

5. 時間又是每一個人手裏的金幣，
你可以任性揮霍，
也可以精心節省。

——雁翼〈時間的沈思〉

6. 時間是風，能吹人年輕
能吹人年老，將鬚髮吹掉

——余光中《在冷戰的年代．自塑》

7. 時間這種新鮮而又名貴的水果，卻無冰箱可藏。及時不吃，它就爛了。

——余光中《憑一張地圖．樵夫的爛柯》

8. 時間像潮汐，早洗平了我因著這株樹而泛起的漣漪，我變得幾乎無感。

9.時間那把刀刮破了青春，割裂更多皺紋後，不甘心進入中年。

——曹又方〈一株不知名的樹〉

10.他有一整天的時間。時間不是敵人，不是統治者。時間是一塊潔白完美的豆腐，而切割的刀在他手裡。

——許達然《吐．遠方》

11.時間是一粒槍彈，停留在槍膛時幾乎紋風不動，出膛之後迅捷難追。

——張讓《不要送我玫瑰花．清松的路》

12.時間是傷心的最好醫療，但對沈夢來說，時間只是層麻藥，藥力過了，痛還是痛。收到文超峰的短信後，她激動得徹夜不能入睡。片斷的往事像子夜的閃電一樣地掠過眼前，甘苦交錯……

——張健〈是．時間〉

13.而時間則是沈默的冰箱，它阻止我腐敗得太快，它要我一點一滴完完全全徹徹底底慢慢的腐敗，所以先將我的生活冷凍起來！臥房是冷凍庫，客廳是冷藏室，廚房是蔬果保鮮室，所有的生命都是沈默但新鮮的，冷冷的，硬硬的，僵僵的——一種冷凍的腐敗形式。

——叢甦《中國人．中國人》

——曾陽晴《母親的情人是女兒的情人》

14.時間是一張不鏽鋼的大唱片
迴旋著Stereo的憂鬱

——方莘〈雨〉

分別擬時間爲人（「鐵面無私的監視者」、「無聊的守獄者」、「心理最好的治療師」、「青春的劊子手」），爲景物（「金幣」、「風」、「新鮮而又名貴的水果」、「潮汐」、「刀」、「一塊潔白完美的豆腐」、「一粒槍彈」、「麻藥」、「沉默的冰箱」、「不鏽鋼的大唱片」），寫出對時間不同的認知。至如：

四·以「死亡」為喻體

1.從「眾星拱月」轉換成「三星伴月」，少了一顆星星。四弟就是那一顆脱離運行軌道而消失在太空裡的流星。我，一個十三歲的男孩子，第一次體會到「死亡」像一個不可抗拒的暴徒，隨手捏破你心愛的氣球，然後掉頭走開。

——林良《鄉情·四弟》

2. 有一天晚上，我在池邊浣洗一條染血的毛巾，月光下，池水泛黑，水聲如泣。死亡如一名裸足的賊，靜悄悄地偷襲著生者。這就是了，我與宿命終於面對面。

——簡媜《月娘照眠床·落雨時的井》

3. 我想死亡也像門帘，很容易就穿過去的。

——袁瓊瓊《紅塵心事·死亡準備》

4. 人們只能顧目前的事情，說到死亡，遙遠如一筆未到期的債，未可兌現的期票，既不恐懼，也不關心，因爲還有更迫切的債務要清。

——也斯《神話午餐·一副骨頭》

5. 死亡！它是那隻較上帝設置在禮拜堂門口還要大上千萬倍的奉獻箱，我們個別的生命，便是那被年月連續擲到那裏邊去的價值不等的奉獻物。

——羅門《詩眼看「死亡」》

6. 打穀場將成熟的穀物打盡

死亡是那架不磨也利得發亮的收割機

誰也不知自己屬於那一季

7. 如果死亡是一場黑雨凄凄

——羅門《羅門詩選·死亡之塔》

幸而我還有一段愛情
一把古典的小雨傘
撐開一圈柔紅的氣氛

——余光中《紫荆賦・六把雨傘》

8.囚於內室，再沒有人與你在肉體上計較愛死亡是破裂的花盆，不敲亦將粉碎。

——洛夫〈石室之死亡〉

9.「死」不是灰燼。
「死」是那蓬蓬照亮的燄火。

——黃克全《一天清醒的心・補償》

10.死亡像一隻嗜血復自戀的禿鷹
斷翼，為你的舞池裝飾

——陳黎《親密書・邀舞》

11.但莎士比亞卻從來沒有說過，比如「死是一把鑰匙，打開一扇門，那邊是一新鮮的世界。」

——陳之藩《劍河倒影・羅素與服爾泰》

12.死乃是旅客一去不返的未經發見的異鄉。

13.所謂死亡，是野餐時遠方隱隱的雷聲。

——莎士比亞《哈姆雷特》

14.害怕死？我感覺死像霧般在我的喉間，輕撫我的雙頰。

——奧登

——羅勃．布朗寧

分別以人（「不可抗拒的暴徒」、「裸足的賊」），景物（「門帘」、「一筆未到期的債」、「未可兌現的期票」、「大上千萬倍的奉獻箱」、「不磨也利得發亮的收割機」、「一場黑雨」、「破裂的花盆」、「蓬蓬照亮的燄火」、「嗜血復自戀的禿鷹」、「一把鑰匙」、「未經發見的異鄉」、「遠方隱隱的雷聲」、「霧」）爲喻，述說對死亡不同看法。

五．以「生命」為喻體

1.到如今我仍堅持：生命應該像鞭炮，劈哩叭啦一陣就完了，有聲勢，有繽紛，有壯烈，也有淒美。

——張拓蕪《左殘閒話．老，吾老矣！》

2.管它質料、大小，生命是一記鑼，總得敲出一些聲響，證明自己的存在。

——張春榮《鴿子飛來‧人生剪影》

3.戰火刀兵中，生命如一盞當風的燈火，隨時會熄滅。

——張拓蕪《左殘閒話‧隱藏的大愛》

4.鐵索微微搖漾，我也並不覺得不踏實，生命多少是一場走鋼索，別人替你不得，別人扶你不得，你只能要求自己在極驚險的地方走得極漂亮穩當。

——張曉風《從你美麗的流域‧山的春、秋記事》

5.是吧！沒有穩定的落足點，生命像揹在肩頭的槍隨時可能滑落，是啊！士兵們的臉遮掩著，看不清我們，我們也覺得模糊……。

——林蒼鬱《尋找野甜菊‧沒有臉的士兵》

6.但生命卻是不透明的毛玻璃，我對它笑，我也得到笑。

——許達然《遠方‧凋》

7.我相信生命是一塊頑鐵，除非在同情的熔爐裡燒得通紅的，用人間世的災難做鎚子來使他迸出火花來，他總是那麼冷冰冰，死沈沈地，惘悵地徘徊於人生路上的我們天天都是在極劇烈的麻木裡過去——一種甚至於不能得自己同情的苦痛。

——梁遇春《梁遇春散文集‧救火夫》

8. 生命像月亮，從古代照到現代，從中國照到外國，從時間的這一端照到那一端，從地球的這一點照到那一點，從宇宙的這一端照到那一端……平板而規律的轉著，照到端木芙的時候，早已黯淡得無法給她充實和光亮。

——林佩芬《洞仙歌・洞仙歌》

9. 我們的生命是僅有的一張薄紙，寫滿白霜與塵土，嘆息與陰影。

——陳黎《親密書・春夜聽冬之旅》

10. 在日復一日的勞動與冥想間
生命是逐漸可親的苦茶

——陳黎《親密書・后羿之歌》

11. 如果，生命是一冊事先裝幀、編好頁碼的空白書，過往情事對人的打擾，好比撰寫某頁時筆力太重，墨痕滲透到後幾頁，無法磨滅了。

——簡媜《空靈・眼中人》

12. 生命，尤其是一本難懂的書，我常在多風的高崗，海灘，甚至，無人的曠野，揮汗批點，百思，仍然不解。

——渡也《永遠的蝴蝶・兩個渡也》

13. 如果生命像小說，在你隨意駐足凝望，或不經意打破一個碗的事件裡，都能牽引出一段驚心動魄的情節……

——蔡秀女〈十句話〉

第一例喻生命當如「鞭炮」，完全迸放，毫不保留。然而，仍須盡心盡力，不能任意揮霍。於此西人亦云：

14.生命有如鐵砧，愈被敲打，愈能發出火花。

——伽利略

15.生命是一部縫紉機，你希望出來的是什麼，得看你放什麼進去。

——李勒

以「鐵砧」、「縫紉機」爲喻，均強調積極開發的意義。第三例以「一盞當風的燈火」、第四例以「多少是一場走鋼索」、第五例以「揹在肩頭的槍」比喻生命的危機四伏，隨時會消失。因此，美國棒球明星史塔傑爾所云：

生命就像一列火車，你每次都期望誤點，但不是出軌。

正道出人在面對生命倏忽時的心聲。第六例喻生命為「不透明的毛玻璃」，強調生命無法洞悉，以樂觀待之，必得樂觀的回響。第七例喻生命為「頑鐵」，強調通過「苦難」之鎚，才能有所斬獲。第八例喻生命為「月亮」，第九例喻為「一張薄紙」，充滿低調的色彩；反觀美式足球隊員施密特所述：

16. **生命是一個無味的三明治，你每天都要咬一口。**

則更充滿厭倦的口吻。鑑於如此悲觀的比喻（「無味的三明治」），第十例謂生命「是逐漸可親的苦茶」，無疑較為持平。至於以「編好頁碼的空白書」（第十一例）、「一本難懂的書」（第十二例）、「小說」（第十三例）為喻，則和法國作家格林 Julien Green 所喻：

17. **我們的生命是一本單獨寫成的書。我們都是小說裡的人物，但卻不全然明白作者要幹什麼。**

有相近的體會。當然「生命」除了單一比喻外，進而可雙重比喻，如：

18.而生命呢？在沈靜中卻慢慢的往遠處走去。它有時飛得不見蹤影，像一隻鼓風而去的風箏，有時又默默的被裁剪，像一朵在流著生命汁液的馬蹄蘭。

——林清玄《鴛鴦香爐．馬蹄蘭的告別》

19.生命只是一堆天色　摺在那把黑傘裡

一陣浪聲　疊在風中

——羅門《羅門詩選．死亡之塔》

分別以「鼓風而去的風箏」、被默默裁剪的「馬蹄蘭」（第十八例），「一堆天色」、「一陣浪聲」（第十九例），強調生命的不自由，倏息消失。進而如王鼎鈞〈勿將眼淚滴入牛奶〉（《左心房漩渦》）：

20.因沒有生日而想到生命。生命起初是白紙，後來是重新油漆過的白板。生命是琴弦上的灰塵，追逐音符瞎忙白忙。生命是遙遠的無人相信的那一分思念。生命是銀幕上的螞蟻，歷經榮華幻夢與亡血火沒有被劍尖挑起來。生命是空氣中有原子塵，食物中有防腐劑，土壤中有化工廢料，歲月鑲金鍍銀，恍惚驚心。我的生命始於寫出第一篇文章，終於再也寫不出文章。

排比鋪陳，博喻釀采，充分呈現生命的不同姿態。以排比描述「生命起初是白紙」（「後來是重新油漆過的白板」）、「生命是琴弦上的灰塵」、「生命是銀幕上的螞蟻」，並以「空氣中有原子塵」、「食物中有防腐劑」、「土壤中有化工廢料」之博喻，指出生命中處處埋伏危機的訊息❺。

六・以「愛情」為喻體

1. 愛情就像大海。
人們嚮往它表面的單純，
卻更迷戀海底的神秘複雜。

——阿嫚《世間女子》

2. 愛情是玫瑰：前半生是花，後半生是刺；擁抱是痛，等待是枯萎。

——杜十三《愛情筆記・刺》

3. 愛情是個理想國，國中只有王和后，沒有臣民和國會。

4.愛情是一棵樹。
在枯葉沒有掉落之前，
不適合增添新綠。

——王鼎鈞《意識流》

5.愛情就像投石於池，起初是浪花飛濺，然後是一圈比一圈微弱的漣漪，最後消逝了，池水又恢復了原有的平靜——事如春夢了無痕。

——隱地《人啊人・愛情》

6.她笑笑，兀自覺得索然無味，那又怎麼樣呢？愛情就跟香水一樣，總會褪味，好香水跟劣質香水差別不過官能感覺。他是直接表達出來了，到此爲止吧？一瓶好香水，非他所發明，他不創造這種愛的公式。

——言曦《世緣瑣記・友》

7.如果愛情像口香糖
好吃又不黏嘴
而在變淡變硬變得無味
變得煩人的時候

——蘇偉貞《沈默之島》

隨時可丟
那該多好

——王添源〈如果愛情像口香糖〉

8.「你的愛情像椅子
誰都可以隨意坐」

——羅青《水稻之歌・道》

9.愛情不是椅子——
如果你只想暫時坐下來，會一屁股落空；因爲，愛情是一張會走路的床，除非你想花上半生在其上，否則愛情不會爲你停留。

——林彧《戀愛遊戲規則》

10.如果說情愛是一朵花，世間那裡有永不凋謝的花朵？如果情愛是絢麗的彩虹，人世那有永不褪色的虹彩？如果情愛是一首歌，世界上那有永遠唱著的一首歌？

——林清玄《鴛鴦香爐・時間之旅》

前二例以「大海」、「玫瑰」喻愛情，強調愛的特質，它是包含痛苦的喜悅，單純的繁複，它是美麗與尖刺的綜合。以「理想國」（第三例）喻愛情，指出愛的世界中雙方互爲尊貴，與英國詩人亨利 Adrian Henri 所言「愛情是只有兩個影迷的影迷俱樂部」，有異曲同工之妙。至於以「一顆樹」（第四例）爲喻，引申出愛的專一與堅持，反觀「愛情就像投石於池」（第五例）、「愛情就跟香水一樣」（第六例）、「愛情像口香糖」（第七例）、「愛情像椅子」（第八例），則以愛情會褪味，視爲遊戲，充滿戲謔、嘲諷；然第九例，林彧對「愛情像椅子」提出反駁，主張「愛情是一張會走路的床」，必須眞正投入，愛情才能落實成長。至於第十例，以排比方式分別將愛情喻爲「一朵花」、「絢麗的彩虹」、「一首歌」；並以設問口吻，對愛情的永恆，提出質疑。可見不同喻依，自有不同的發揮，全視作者寓意之所在❻；而綜上比喻，均具體比抽象之例也。

叁·不同喻體，相同喻依

經由不同喻體，相同喻依之比較，可以看出比喻的不同方式。

一·以「眼睛」為喻依

刃

1. 才回身，便感覺竹葉如醒張的隻隻鳳眼，隻隻把我看成一身壁上的遊景。

——簡媜《只緣身在此山中·山水之欸乃》

2. 黃昏臨近的時候，灰靄像幽靈憂鬱的盲睛，清冷而虛空。

——楚戈〈曠野〉，收入《希望我能有條船》

3. 我覺得湖是山水裡最有表情的風景，是大地深邃的眼睛。

——吳鳴《湖邊的沈思·湖邊的沈思》

4. 曠野上的沼澤是一隻望天的眼，沼面廣大，水很清淺，不像湖泊那樣突波湧浪。平如明鏡的水面上，印著天光雲影，彷彿把高天和曠野就那樣無聲的融契起來，帶給人如歌的記憶。

5.香港地窄山峭，只見水平線，不見地平線。此地卻四望只見地平線淺淺的一痕相牽，大平原是一座無牆的牢獄囚著瞭望的眼睛。天空是好大的一面牢窗啊！什麼也看不見，除了肥胖而慵懶的熱帶白雲。

——司馬中原《月光河．沼澤》

6.月，是一隻復明的明眸被歷史的潮汐洗得多清亮。

——余光中《憑一張地圖．芒果與九重葛》

7.宮城中一個最完整的遺物是文獻上查得到的一口井，叫「八寶琉璃井」，井壁由玄武岩石砌成，幾乎沒有任何損壞。我在井口邊上盤桓良久，想像著千餘年來在它身邊發生的一切。它波光一閃，就像是一隻看得太多而終於看倦了的冷眼。

——余光中《在冷戰的時代．月蝕夜》

8.我想起在這宅子裡我和陳詩結唯一的一次對話。那晚的月光很亮很白，我翻牆躍入陳家後園；那整個後園都已經毀了，乾涸的魚池像一隻巨大的、沒有瞳仁的眼眶空洞地張望著天空。那晚也許是月光的緣故，也可能是我即將離開家鄉前往臺北讀大學的緣故，我在深夜人靜時翻牆躍入陳家，坐在我童年坐過的同一位置。

——余秋雨《山居筆記．脆弱的都城》

——蔡秀女《乾燥的七月‧紅衣觀音》

9.想像是靈魂的眼睛。

——朱伯特

前八例皆以物喻物，具體比具體。「鳳眼」喻「竹葉」（第一例），取其形似；「盲睛」喻「灰靄」（第二例），取其色澤之感；「眼睛」喻「湖」（第三例）、「沼澤」（第四例）、「大平原」（第五例）、「月亮」（第六例）、「井」（第七例），「眼眶」喻「魚池」（第八例），均以小喻大，發揮相對聯想。至於第九例，以「眼睛」喻「靈魂」則爲具體比抽象。

二‧以「箭」為喻依

1.綠燈亮起，大家像全部卯足了勁的箭，同時向馬路另一邊射出，非常緊急，步伐零亂的通過兩岸引擎呼吼的馬路，深恐在紅燈亮起時還站在馬路中央。

那時，我總有一種感覺，這些人眞像箭一樣，被射向一個流動的潮水裡或一個複雜的森林裡，每個人都這麼渺小，它射出去的時候很少人看見，它落地的時候也很少人知道，它只是被推擠著，向前射去。

2. 我聽見，風把一根一根的竹片抽出來，像箭一樣射出去，撞在附近的牆上，斷裂。每一根竹片的上端都削得尖尖的，都削成長矛。

——林清玄《清涼菩提．札記一束》

3. 雨，像急箭似的，射向大地，幾聲響雷，好似說明宇宙在心碎了。

——王鼎鈞《情人眼．此處無雪》

——張秀亞〈風雨中〉

4. 第一聲響雷劈破天地，閃電像暗箭般地刺傷了屋裡人的眼睛。

——簡媜《月娘照眠床．大水》

5. 路是河流
速度是喧嘩
我的車是一支孤獨的箭
射向獵獵的風沙

——席慕蓉《七里香．高速公路的下午》

6. 許多好朋友都在美國，但黃用和華苓在愛奧華，梨華遠在紐約，一個長途電話能令人破產。咪咪手續未備，還阻隔半個大陸加一個海加一個海關。航空郵簡是一種遲緩的箭，射到對海，火早已熄了，餘燼顯得特別冷。

7. 漸漸的，夜變出黑暗來。由室內向外看，黑暗是一種濃濃的漿液。它忽然黑成了一個巨大的墨水瓶。不，它黑成固體，任我磨礪目光成箭成矛，無法刺入一分。環顧室內，聲音尚在，氣味尚在，而人已遠，已濛濛如塵柱，四壁已黑化，已在黑中溶解。

——余光中《望鄉的牧神．望鄉的牧神》

8. 那時代人們眼光如箭，射向處處鋒芒畢露的西方，而將悲劇的因由綁在五千年的足上。他曾一味的隨聲呼喊、納悶，找尋大家的出路，看著線裝書散落敗毀，神往於西洋科技的凌厲冷冽，心儀於西洋神話的浪漫和繽紛，這一切似乎是理所當然地進行著……直到……

——王鼎鈞《山裡山外．破圓》

9. 那輛遊覽車載著長青會的老人們上山遊覽，原是一次歡樂的旅程。擎著麥克風的阿婆，因著一首民謠，想起初戀的嬌羞；闔眼假寐的阿公想起廟前一群彈唱的友伴；阿伯正轉頭對鄰座的阿嬸談起愛聽故事的孫兒；阿嬸想著家中甫滿月的囡仔……他們都聽見刺穿耳膜的摩擦聲，如拉滿弓射出的箭，任誰也無力斷阻地，奔向死亡。

——羅位育《等待錯覺．向歷史告白》

10. 躺在路上，血肉飛裂，沒有淚珠，那個人的一句話，像一支銳利的箭，射中他內心最脆

——張曼娟《緣起不滅．行過翠微路》

弱的部分，淚水卻從眼眶的四處溢出。他努力撐開酸楚的眼皮，在一片迷茫的白霧中，見到一個啣著雪茄的肥碩中年人，昂著頭招呼觀衆，要他們把他送到醫院去。

——蔡文甫《沒有觀衆的舞臺‧裸》

11.「五四」以來的新知識分子，重知識而輕道德。輕道德，使得他們眼中只有現實功利而沒有理想。重知識，使他們很聰明，卻往往只會批判別人而不會自省。知識便成爲一枝一枝外射的利箭，彼此都被射得穿心透骨。

——顏崑陽《人生因夢而眞實‧別拿「道德」與「知識」當做鬥爭的工具》

12.恨是一支箭，最後會射向自己。

——東方白〈十句話〉，見隱地編《十句話》

13.愛情就像一支箭，總在猝然不測之時穿透人的心。

——顯克微支，見蔡志忠編《愛情十句話》

前六例均爲以物喻物，具體比具體，分別以「箭」喻「大家」、「人」（第一例）、「竹片」（第二例）、「雨」（第三例）、「閃電」（第四例）、「車」（第五例）、「航空郵簡」（第六例）。七、八兩例以「箭」喻「目光」、「眼光」爲有形喻無形，九、十兩例以「拉滿弓射出的箭」喻「刺穿耳膜的摩擦聲」、「銳利的箭」喻「一句話」，則爲視覺喻聽覺之通感（移覺）。最後三例「利箭」喻「知識」❼，「箭」喻「恨」、「愛情」，則為具體比抽象之例。

三・以「利刃」、「刀」為喻依

1. 風，像億萬把刀鋒，刮在這一海的藍玻璃上。幾乎就是這震耳欲聾的無處不在的響動，從海底伸出無形的手，推湧著，推湧著，將這白色的浪條堆起一個個巨人的形象，然後，一鬆手，它們便轟然摔碎在那幾株古松的腳下，無聲無息地潛回那一片藍中去。

——劉大任《杜鵑啼血・蛹》

2. 與南仁山相比，臺灣東部大山峻急陡立，全是岩石的崢嶸崚嶒。太平洋造山運動擠壓著地塊，這隆起的東部大山是不安而焦慮的巨大岩石，陡直矗立，有著新山川的憤怒與桀傲；立霧溪像一把刀，硬生生把岩壁切割成深峻的峽谷，急流飛瀑，一線沖向大海，岩壁相對而立，幾千尺的直線，沒有一點妥協，是山的稜稜傲骨。

——蔣勳《大度・山・山盟》

3. 雁兒咬住嘴唇沒說話，她覺得頌蓮的手像冰涼的刀鋒切割她的頭髮，有一點疼痛。頌蓮說：「你頭上什麼味？真難聞，快拿塊香皂洗頭去。」雁兒站起來，她垂著手站在那兒不動。

4. 寒冷像刀刃一樣越磨越鋒利了，他們實在忍不住了，他們知道夜貓子也忍不住了，就鼓勵自己的熱血再支持下去，跟殘酷的大自然競賽。

——蘇童《妻妾成群》

5. 就像車子換檔加速前進一樣，他們的動作也愈來愈快。接下來，有如加速器中兩個不可避免碰撞的粒子，就發生了他們也不敢相信的事，當李伯夢的速度快得有如蜂鳥撲動翅膀，當唐娜的叫喊急促得有如利刃劃破夜空時，他們的心靈卻慢慢地逸出了身體，茫然不知所措地在一旁觀看著身體狂亂的動作。

——王鼎鈞《情人眼・勝利的代價》

6. 那晚，跟虎二哥醉個死爛，次晨醒來，惠妹坐在床沿正緊緊地凝視著我，一如那張姓牧師刀刃般的眼神。《聖經》本就是一把利刃，割我們肉體上疽腐的部位，但縱使是上帝有時也會出差池，將完好的肉一併切去了。

——賀景濱〈速度的故事〉

7. 格言有如鋒利的水果刀，它只切割一片供我們咀嚼，並不提供全梨。

——羊恕《刀瘟・蜘蛛俠》

8. 大體而言，藝術家雖多，但是能令我感覺震撼的，都是在思想上能找到新鮮觀點，像鋒

——王鼎鈞〈十句話〉

利的小刀一樣劃破陳腐，呈現出異樣的芬芳。

——黃明堅《青春筆記．把自己包紮起來》

9. 十年前，鷹揚年輕，亟亟於脫離島嶼的窄小窒悶，心如刀劍，要在大世界中切割出自己、未來，想有朝一日抖擻布開，爍然的驕傲。

——張讓《當風吹過想像的平原．明月處處》

10. 你的溫柔是隨時在我面前展現的一把利刃，驚心觸目地逼我直視生命的侷限，刺痛我的眼睛，我的心因此淌血，使我在黑夜裡感覺自己是冰凍的屍體。

——黃有德《異教徒之戀．你的溫柔是一把利刃》

11. 愛情是一把刀，可以將人的感情完全殺死。愛情要復活，再度燃燒，需要另一把刀。誰是可以將她救活的另一把刀？

——隱地《翻轉的年代．極短篇》

12. 一個充滿邏輯的心恰像一把四面都是鋒刃的刀。

——泰戈爾《漂鳥集》

前三例均具體比具體，以「刀鋒」、「刀」喻「風」、「溪」、「手」。第四例以「刀刃」（視覺）喻「寒冷」（觸覺），第五例「利刃」（視覺）喻「叫喊」（聽覺），是移覺（通感）

的比喻。六至十例均爲具體比抽象，分別藉刀刃喻「聖經」（第六例）、「格言」（第七例）、「新鮮觀點」（第八例）之理，喻「心」（第九例）、「溫柔」（第十例）、「愛情」（第十一例）主觀的內心世界，而第十二例「一把四面都是鋒刃的刀」則喻「充滿邏輯的心」。

四·以「鏡子」為喻依

1. 月下飛天鏡，
雲生結海樓。
——李白〈渡荊門送別〉

2. 酒是古明鏡，
輾開小人心。
——孟郊《酒德》

3. 情人像一面鏡子，往裡面看你會看到自己。
——柏拉圖

4. 二十多年前的創傷，傷口早已停止流血，一塊疤卻永遠結在那裡，永遠提醒著他，像一面鏡子，強迫他面對自己的醜陋。

5. 十年前的孩子，此刻也該成長爲觀眾了，這個世界又歷經越南、兩伊和許多圍繞在我們身邊的浩劫，而舞臺恆在，像一面冰涼的古銅鏡，在一顧一盼間反映著人世。

——歐陽子《秋葉．最後一節課》

6. 夏日的午後，沒有風，海水是一面鍍綠漆的鏡子，太陽在上面沈落，微波像金黃的沙丘，連綿的起伏，我在相當的疲勞下游向歸程，然後，我游向那座石島，當想及那一雙交纏的幸福底肢體，我亢奮起來，我覺得我必須再到那個岩洞，不管能否再見到他們，我都必須。從水中走出，我開始攀登。

——張曉風《玉想．寫於「和氏璧」演出之前》

7. 臺北是一面可鑑照的鏡子，卻也模糊……

——李昂《花季．長跑者》

8. 要等到旅行成爲理性，而不是魔性的時髦，恐怕臺灣人才會像夕利人，那麼有歷史與地理的意識，旅行像一面鏡子，照見旅行者的淺薄或深厚。

——許悔之《眼耳鼻舌．城市魅影》

9. 至人之用心若鏡，不將不迎，應而不藏，故能勝物而不傷。

——莊裕安《巴爾札克在家嗎．旅行是一面鏡子》

——《莊子．應帝王》

10.「虛」就是不要牽掛，不要執著，把對自己、對別人的負累放下，讓自己虛掉，心就會平靜。「靜」就像一面鏡子，比如湖面，沒有波浪漣漪，就可以像鏡子般映出山色的美好。心靜，也就可以像鏡子般觀照到人間的眞實。

——王邦雄《人生是一條不歸路．美在當下》

11.有人說寂寞是一面明澈的鏡子，越拭越清晰地洞燭自我的映像。

——馮青《秘密．夜宿夜雨湖》

12.不過絕對的寂寞難得有，寂寞有的時候可以化成一面鏡子，把自己映照得格外分明。眞正的在寂寞中遇見自己，可能是很難堪的。

——亮軒《寂寞滋味．寂寞滋味》

13.有什麼比婚姻更像一面鏡子，我們想掩飾卻又無從掩飾。愛情只是幾行散文，唯有婚姻可以寫滿一個故事。

——曾麗華《流過的季節．生活的扉頁》

14.這一切都是貧窮的功能，雖然它看起來似乎可厭，但卻是無人能爭奪的財富。一個受了打擊的人，貧窮往往可以使他思念上帝，反省自己。我想貧窮好比一面明鏡，它可以反照出眞心的朋友來。

——喬叟《坎特伯利故事集》

15. 藝術是生活的鏡子。若是生活喪失意義，鏡子的把戲也就不會使人喜歡了。

——托爾斯泰《藝術論》

前七例均爲具體比具體，分別以「鏡子」喻「月」（第一例）、「酒」（第二例）、「情人」（第三例）、「疤」（第四例）、「舞臺」（第五例）、「海水」（第六例）、「臺北」（第七例），第八例以「鏡子」喻「旅行」，是靜態比動態。後七例分別以「鏡子」喻「心」靈、「靜」、「寂寞」、「婚姻」、「貧窮」、「藝術」，則爲具體比抽象。至如：

16. 以銅爲鏡，可以正衣冠；以古爲鏡，可以知興替；以人爲鏡，可以明得失。

——吳兢《貞觀政要・任賢》

以「鏡」喻「銅」、喻「人」，爲具體比具體；以「鏡」喻「古」（古代歷史），則具體比抽象。

五・以「心情」、「心緒」、「思緒」為喻依

1. 有一回開車往海岸線的鄉城辦事，途中忽地下起雨來，整條公路不久便躺在穆穆紛紛的雨中，彷彿只剩一道微弱的光，而擋風玻璃上的雨刷恰似焦切的心情，此起彼落地揮擺不停。

——王定國《細雨菊花天・細雨菊花天》

2. 外面的雨下得很大，街道溼濡濡的灰色調，很像他此刻的心情。

——林文義《撫琴人・最後一場電影》

3. 我坐在敞開的窗邊，沒有思想，只是看著天空飄過的雲塊，藍灰、帶著不潔的天空，病懨懨的好像我那時的心情。

——林文義《撫琴人・啓蒙》

4. 窗外有風，吹得兩人愈發醉了似地，一陣風來，把花生皮吹得到處飛，就像一發不可收拾的心情。趙田靜坐恍若未覺，楊本漢走過去想伸手關窗。

——蘇偉貞《離家出走・無華》

5. 這時，現在也跟臺北市任何一座山一樣，不可倖免地開鑿爲人們理想的樣子，紅色的鐵條整齊地守護著山邊，翻起的山上這裡一堆，那裡一墳，就像我的心緒等待梳理。

——蕭蕭《與白雲同心・千山我獨行》

6. 車身震晃，正是出發的時刻。玻璃窗上的景物迅速向後移掠，車廂内頓時化成一片光影交錯的世界，光線的明暗遞嬗彷彿旅人的思緒，有時游離，有時凝聚。

——潘秀玲《雪夜裸奔·我們在車上》

以「焦切的心情」喻揮擺不定的「雨刷」、灰冷的「心情」喻溼灰的「街道」、病懨懨的「心情」喻藍灰不潔的「天空」、不可收拾的「心情」喻亂飛的「花生皮」、待梳理之「心緒」喻「這裡一堆，那裡一墳」、「思緒」喻明暗變化的「光線」，則可以抽象比具體構成情景相映。

六·以「夢」為喻依

1. 那餐會，燈影朦朧如夢，音樂柔美，學生們雖是久別的，然而回憶一勾起，立即就熟悉了。

——白辛《星帆·兩種經驗》

2. 山上的春晨常有霧的繾綣，只是霧太像我的夢了，常在我還想欣賞一陣時就消失。

——許達然《遠方·漠》

3. 晶瑩的露珠是一顆顆飽實的夢。

——陳義芝《青衫·上學》

4. 前庭裡，榕樹抽著纖細的芽兒。許多不知名的小黃花正搖曳著，像一串晶瑩透明的夢。

——張曉風《曉風散文集・魔季》

5. 雨在掌心漲成一個小湖，我在湖邊眺望煙水悠悠悠悠煙水是陳舊的夢，這個夢卻始終不醒。

——蕭白《白屋手記・春雨》

分別以「夢」喻「燈影」、「霧」、「露珠」、「小黃花」、「煙水」，亦屬抽象比具體❽。事實上前述具體比抽象中的喻體：「鄉愁」、「記憶」、「時間」、「死亡」、「生命」、「愛情」，均可當喻依，形成抽象比具體，如：

1. 鐵絲網是一種帶刺的鄉愁
無論向南走或是向北走
一種裝飾恐怖的花邊

——余光中《在冷戰的年代・忘川》

2. 風是時的嘆息，落霞在水面繞紅
紅似山後終古難忘的血

我敘說著，靠著一棵大樹
大樹像記憶，那麼蒼老
那麼冷峻，又在茫茫間

——楊牧《船燈．斷片》

3. 輕咳
聽不到前人的回聲
仰天長嘆
只見歸鳥驚飛
巍峨的城堡不語，
一如緘默的時間
冷冷地在牆垛上
留下苔蕨

——張堃《黃昏登倫敦塔》

4. 火車隆隆向前駛，兩條長長的軌道無限制的延伸——像生命。端木芙雙手捧住臉，用力閉起眼睛。她旁邊坐了個年輕的母親，懷中躺著個小孩咿咿唔唔的比劃著，唱著不知名的歌。

5.
我們知道——
春天的屋子
春天的古琴，
春天的杜鵑，
永遠不會消逝，
一如我們底魂魄
秋天的葉落，
猶似死亡，
春天的新葉，
猶似轉世
消逝的是我們固執的身分，
以及一生固執的戀情。

——林佩芬《洞仙歌．洞仙歌》

6.
而你又覺得所有的燈都熟習
每一盞都像一個往事，一次愛情

——張錯《飄泊者．彈指》

分別以「鄉愁」喻「鐵絲網」、「記憶」喻「大樹」、「時間」喻空間的「城堡」、「生命」喻「軌道」、「死亡」喻「秋天的葉落」（相對的，以「轉世」喻「春天的新葉」）、「愛情」喻「每一盞」「燈」，皆抽象比具體[9]。

大抵以抽象比具體，旨在拓展幽微情思。如秦觀「自在飛花輕似夢，無邊絲雨細如愁」，自飛花逐風輕落聯想夢的輕靈姿影，自細細密密雨絲聯想愁的纖纖綿長；由實境轉入心境，可說設喻靈動。於此，若以「具體比具體」，改爲「自在飛花輕似霰，無邊絲雨細如針」，用「霰」喻飛花（張若虛〈春江花月夜〉有「月照花林皆似霰」句），用「針」喻絲雨，則停留在外景物的聯想上，無法深入寫出內心感受。因此，古典詩詞進而以抽象情思喻具體實境。如唐代劉禹錫〈竹枝詞〉：

山桃紅花滿山頭，
蜀江春水拍山流。
花紅易衰似郎意，
水流無限似儂愁。

三、四兩句分別以情郎心意之變易衰減喻紅花之容易凋謝，自己無限愁思喻淼淼流水，正勾勒女子心境。又明代高啓〈梅花九首〉之三：

淡月微雲皆似夢，
空山流水獨成愁。

以「夢」喻「淡月微雲」，以「愁」比「空山流水」，正是抽象比具體，以情喻景，虛實相生。

結語

第一，就喻體、喻依的具體或抽象而言，有具體比具體（[一]「以人喻人」、「以景物喻人」、「以景物喻景物」、「以人喻景物」），具體比抽象，抽象比具體三類。以「山」爲喻體：

1. 此刻的灰狼山，那麼樣安詳寧靜的躺臥在那兒，白茫茫一片的芒穗，映著夕陽，閃著金光，像個瞇著眼睛曬太陽的白髮老人。

——劉慕沙〈秋日的訣別〉

2.據說，五十年前，溪水翠得像個姑娘，附近山巒擠著山巒，像十來個壯漢蹲著，全心全意看溪身舞動水袖，巴不得自個兒的身影映入溪的眼底，那姑娘一心一意想他就夠了。

——簡媜《夢遊書·水薑哀歌》

3.那幾個山峰在夜裡看來像是伸向天空的手指，月亮已經掉在它的掌中去了，夜更深，天更黑了，星星更加明晃起來，岸邊的青蛙叫了一整夜，也許叫累了，現在可是甜蜜地睡著了，山中寂靜萬分，也彷彿睡了，只偶爾被幾聲狗吠從夢中驚醒，那狗吠究竟來自清水寺，還是林中的狼，並不十分清楚，可是又何必去管它呢，他想已經這麼久了，而魚絲仍然沒有一點動靜，也只好無奈地對自己笑笑，萬物都睡了，可能連魚兒也睡了，何獨他不睡？還是稍歇一會兒吧，等待那東方的黎明，那時魚就會來了……

——東方白《東方寓言·池》

4.巨幅的懸崖近乎黑色，潔淨無瑕，和山民的皮膚同色調同肌理，看來是系出一個血源了。山與山聳立，森森戟戟如銅澆鐵鑄，但飛奔的碧澗卻是一韁在握的少年英雄，橫衝直撞，活活的把整片的山逼得左右跳開，各自退出一丈遠，一條河道於是告成。但這場戰爭畢竟也贏得辛苦，滿溪都是至今猶騰騰然的廝殺的煙塵和戰馬的噴沫……

——張曉風《從你美麗的流域．山的春、秋記事》

5. 又有一次，讀謝冰心的散文，非常欣賞「雨後的青山，好像淚洗過的良心」。覺得她的比喻實在清新鮮活。記得國文老師還特別加以解說：「雨後的青山是有顏色、有形象的，而良心是摸不著、看不見的。聰明的作者，卻拿抽象的良心，來比擬具象的青山，眞是妙極了。」

——琦君《淚珠與珍珠．淚珠與珍珠》

第一例以「白髮老人」喻「灰狼山」、第二例「壯漢蹲著」喻「山巒」、第三例「手指」喻「山峰」、第四例「銅澆鐵鑄」喻「山與山」，均爲具體比具體，而以「淚洗過的良心」比喻「雨後的青山」是抽象比具體，意生不測，頗能出奇制勝。又以「繩索」爲喻依：

1. 雨愈下愈大，他們這裡是單獨的小亭子。粗而白的雨垂下來像長長的繩索，把他們兩個細綁在這裡。隔著衝不過的雨繩，可以看見對面的餐廳，有影影綽綽的人群，不能確定是不是就是自己那批人。葉香雲靠著亭柱，不哭了。她的白花花的漂亮襯衫，一朵一朵縐紗花朵凋謝似的垂著。

——袁瓊瓊《春水船．好逑曲》

2. 人是一條繩子，懸掛在野獸跟超人中間——這條繩子橫亙在深淵之上。多麼危險的跨越，多麼危險的前進，多麼危險的回顧，多麼危險的震顫與駐足。

——尼采《查拉圖斯特拉如是說》

3. 習慣，是一條無形而有力的繩索。

——顏崑陽《智慧就是太陽・信仰有時是一種懲罰》

4. 愛是一種繩索，法官，你不知道它有多強。

——張曉風《曉風小說集・訴》

5. 懷念像一根扯不斷的繩索捆著我，而三十三歲的鄉愁仍不斷生長，因此我有一年緊似一年的痛感。難怪庾信在北周位望通顯，到了暮齒，還忍不住寫〈哀江南賦〉以寄鄉關之思，甚至說「楚歌非取樂之方，魯酒無忘憂之用！」由此看來，懷鄉病眞是沒有解藥。

——大荒《山水大地・喜見喜鵲》

以「繩索」喻「雨」、「人」爲具體比具體，以「繩索」喻「習慣」、「愛」、「懷念」則爲具體比抽象，可見其中變化。因此，作家摛藻操翰往往交互運用，以求虛實變化。如：

6. 煙升如春蠶吐絲，雖散卻不斷，像極人世的念念相續。

7. 過往像一只搖籃，把日子慢慢的搖盪，好像惟有如此，生活裡的歲月才過得有意思，就連搖籃曲也緩慢溫柔，好像不要嚇唬到寧靜的生命歲月，讓它驚惶奔逃；輪船也是一只搖籃，在大海的歲月裡搖呀搖，那是一種悠閒舒適的感覺，天氣有點燠熱，但並不沈悶，船上不斷轉換著賣零食水果的，鏡頭像一齣五十年代李麗華與王元龍的黑白影片，雖然船內不准有什麼雜耍把式。

——簡媜《只緣身在此山中．漁父》

8. 去年，去年，倒退多少個「去年」，再回到我煙塵不定的孩提呢？那緩緩的鼙鼓聲裡傾得出全種族的悲哀，那麼矜持的禱語：「神，解救我們！神，解救這個村子，這座山，這世界……」雪落在山巔，可有誰去過那最高的山巔？自從老酋長死去以後，全村的武士都失蹤了，在森林和溪澗盤錯的神秘中失蹤了。雪落在山巔，白得像陌生的愛情——那挑水的少女，那長髮，那紅裙，那銅色的肌膚，她走過絲瓜棚的時候，許多鳥雀都繞著她飛，她是雪，她在冬季的山頭沈睡，她的愛情也是雪。

——張錯《兒女私情．夏的原鄉》

——楊牧《葉珊散文集．劫》

第六例中，「春蠶吐絲」喻「煙升」是具體比具體；「人世的念念相續」喻煙升之「散卻不斷」，則抽象比具體。第七例「一只搖籃」喻「過往」，是具體喻抽象；「一只搖籃」喻「輪船」，是具體比具體。第八例中，「雪落在山巔，白得像陌生的愛情」，爲抽象比具體；「她是雪」爲具體比具體，「她的愛情也是雪」爲具體比抽象。

第二，以具體比抽象或以抽象比具體，形成喻體、喻依間較大的落差，形成一情一景或一虛一實的變化，自易翻空入妙。以「寂寞」爲喻體：

1. 也許寂寞最能鍛鍊人性，但也同時帶來身心莫大的痛苦，如果要使凡胎超凡入聖，寂寞是一道必不可免的煉獄，經過寂寞的煎熬，人性才能得到昇華。

——亮軒《寂寞滋味．寂寞滋味》

2. 最後的那句眞話，那句眞實如同太陽，刺目令人無法正視的眞話，是每個人最深沈的寂寞。我們擁抱自己的寂寞，像擁抱一張冰冷的床。

——張讓《當風吹過想像的平原．離去的辯證》

3. 有汽車時，人家說他（查理王子）招搖過市，騎自行車，卻總跟來一群人指手畫腳。好像注定了該受寂寞的包圍，寂寞像溼了的衣服一樣，穿著難過已極，而脫又脫不下來。

——陳之藩《劍河倒影．王子的寂寞》

4. 沒人知道

寂寞是貼身內衣，溫暖我
是衣上鈕扣，扣緊我

——羅青《水稻之歌．寂寞之歌》

5.夜深了，美君和孩子們在帳篷裡沈沈睡去，他獨自守著一簇漸漸熄滅下去的營火。四周有細碎的蟲鳴，把這大而靜的夜襯得如此空漠。星星是少見的璀璨，他獨自仰望著這樣美麗的夜空，覺得寂寞像水般地浸透了他。

——李黎《天堂鳥花．近鄉》

6.但是曾美月不是個習於現狀的人。一個冬夜她下班離開旅館，在街頭招來一輛計程車。當車經過污雪堆積的街道，在橙黃的路燈光中滑入紐約的冷夜，她突然覺得可怕的寂寞像冷冷的風環裏住她。

——顧肇森《貓臉的歲月．曾美月》

可以喻為「煉獄」、「一張冰冷的床」、「溼了的衣服」、「貼身內衣」、「鈕扣」、「水」、「冷冷的風」，林林總總，或寓意申論，或渲染情境，使人易知易感。至於以具體比具體，在以人喻景物上，注重情意的賦予，醞釀出親切活潑的藝術世界。如：

1. 總之路會把我們帶到目的地的，我喜歡那些暖黃的燈緊密相連，彷彿緊緊牽手的兄弟們，圍繞起一個溫暖的國度。

——苦苓〈在生命轉彎的地方〉

2. 黃豆豆莢扁平而布滿柔細的絨毛，別有一種風采。紅豆和綠豆的豆莢瘦小精悍，卻又力道十足，像煞五短身材的江湖漢子，精光外鑠。

——馮菊枝〈三月種豆〉

第一例，苦苓用「緊緊牽手的兄弟們」比喻「暖黃的燈緊密相連」，特別能寫出天地間溫暖情意。第二例，馮菊枝用「五短身材的江湖漢子」比喻紅豆綠豆「瘦小精悍」的豆莢，使人印象深刻。設若於此不以人喻景物，如以「天空的星星」比喻緊連的燈，以「利箭」比喻精瘦的豆莢；兩相比較，顯然不如原作來得生動有趣。而在以景物喻景物，貴於不斷尋找新的比喻。以夕陽（落日）為例。如：

3. 這時，夕陽銜山了，像一顆熟透的果子，我眞擔心那山巒的極不整齊的牙齒會忍不住將它咬破。

——王開林〈站在山谷與你對話〉

4.西子灣的落日像是為美滿的晴天下一個結論，不但蓋了一顆赫赫紅印，還用晚霞簽了半邊天的名。

——余光中《隔水呼渡・海緣》

面對西沈的夕陽，可以用「一顆熟透的果子」，也可以用「一顆赫赫紅印」來比喻。至於第一例中再配合「山巒」的擬物（極不整齊的牙齒），第二例中再配合「晚霞」的擬人（簽了半邊天的名），無疑構成極具美感的鮮活想像，使人激賞。

至於就不同喻體、相同喻依而言，以具體比抽象較以具體比具體，更宜別出心裁，馳騁聯想。如：

1.抬頭仰望天空，日頭仍然隱在雲層深處，有幾分微弱的曦光，從太陽旗上方滲出來。那面旗幟像塊破抹布般的，絞皺地垂掛著。

——莊華堂《土地公廟・母親の歌》

2.妞妞的王國瓦解了，牠又恢復從前一無所有的日子，整天鬱鬱寡歡，像一塊髒抹布趴在樓梯口。

「這下你該知道，露水姻緣是不可靠的吧？」我拍拍牠的頭：「沒關係，到了明年，你的愛情又會重新來臨！」

妞妞嗚嗚兩聲，舔舔我的手，好像告訴我，牠明白……

——蘇國書《金龜子來作客‧小野狗的愛情滄桑史及其他》

3. 幾分鐘後他安分躺在床上，卻像是一塊爛抹布，虛弱得動也動不了了。他破碎的臀部、小腹部和腿部共縫了三百針，大腿上還綁了石膏，看得在旁的人淚眼模糊。醫生跟明月說，伊受了傷不能再做男人了。明月聽了亦不心慌，只要這人是醒的，又管他能不能當夫妻呢。

——蔡素芬《鹽田兒女》

4. 仔細想想，她的生活就像一塊抹布，老用來擦同一張桌面；抹布腐朽，桌面也不乾淨。

——蘇偉貞《沈默之島》

5. 而最可怖的破壞，便是遺忘：像一塊抹布，盡情的用力抹擦，直到不留一絲痕跡，愛欲與生，惡欲其死，好像死亡就是一劑萬應靈藥，殊不知死亡的不是對方的肉身或影像，而是自我在世間最堪珍貴的人性愛心。

——張錯《兒女私情‧有感三帖》

以「一塊抹布」喻「她的生活」（第四例）或「遺忘」（第五例），比起「破抹布」喻「旗幟」

（第一例）、小野狗「妞妞」（第二例）或「他」（第三例），由於想像空間較寬，更能多方寓意。又：

6. 母雞總是先蹲著，大翅膀微微一張，小雞仔就一隻隻地鑽進去，像鑽進溫暖的大被窩一樣。令人驚訝的是，十幾隻的小雞仔竟然能全部躲進翅膀下安眠！這時候，母雞的身軀變得比任何時候都大，像個肥肥的大皮球。

——簡媜《月娘照眠床．村雞小唱》

7. 我之愛歌，大概也跟不善說話有關。從小，大人便說我悶得像個皮球。我這個性遺傳自父親，他每到當眾發言之時，總是先脹紅了臉，老半天才吐出一個不完整的句子，每當看他憋話憋得坐立不安，我總是很想哭。

——周芬伶《閣樓上的女子．隱約之歌》

8. 愛情不是皮球——並非你拍一拍，它就會彈跳，你若想一腳踢開更屬難事。

——林彧《戀愛遊戲規則．代序》

以「大皮球」喻「母雞」、「皮球」喻「我」，均具體比具體，而以「不是皮球」喻「愛情」，以具體比抽象；藉反撥正言，強調愛情絕非揮之即來呼之即去的遊戲，必須正心誠意。

第三，就比喻而言，相對的聯想比起相似的聯想，更能帶出一片寬廣曼妙的想像空間，使人興味無窮。如：

1. 我們那裡都是山，一路斜坡。繞著山走，山上下的燈光像萬千顆閃鑽的鈕扣，將這夜晚的城市密密扣上。

——鍾曉陽《燃燒之後・阿狼與我》

2. 在縮尺一比四千萬的世界地圖上
我們的島是一粒不完整的黃鈕扣
鬆落在藍色的制服上
我的存在如今是一縷比蛛絲還細的
透明的線，穿過面海的我的窗口
用力把島嶼和大海縫在一起

——陳黎《家庭之旅・島嶼邊緣》

以「萬千顆閃鑽的鈕扣」喻「山上下的燈光」（第一例），發揮相似聯想，已屬生動；但以「一粒不完整的黃鈕扣」喻「我們的島」（第二例），則以小喻大，運用相對聯想，較為特殊⓫；比起一般用「蕃薯」、「雞蛋」（大陸喻為「老母雞」）喻臺灣地形，更為翻新出奇。又如：

3. **垂直的北窗和臥房落地長窗簾倒都拉上了，襯托得門燈愈發像一隻祕幽的神話裡的眼睛。**

——戴文采《哲雁・雙星記》

4. **眼前的景物好像在搖晃，北海公園的湖水都結冰了，溜冰的人群像幽靈一般在黑夜中旋轉，閃爍不停的霓虹燈好像一堆說謊的眼睛，這一切好像在夢裡見過。**

——周芬伶《閣樓上的女子・雪只落一個冬季》

以「神話裡的眼睛」喻「門燈」（第三例）、「說謊的眼睛」喻「閃爍不停的霓虹燈」（第四例）均為相似的聯想，至於「湖是大地的眼睛」（梭羅《湖濱散記》），以小喻大，則為相對的聯想⓬。同樣：

5. **露水對湖沼說：「你是蓮葉下面的大水滴，我是蓮葉下的小水滴。」**

——泰戈爾《漂鳥集》

6. 深藍藍的海

如一滴巨大的淚珠

疼惜著

鄉土

一些愁苦的生命

——海瑩〈一雙超大的腳〉，見《八十一年詩選》

以「大水滴」喻「湖沼」（第五例）、「巨大的淚珠」喻「深藍藍的海」（第六例），亦爲以小喻大。

第四，運用比喻，可以極其渲染，形成誇飾、嘲諷。例如胡適以「金字塔」喻「爲學」，引申出「要能博大要能高」的意旨；以具體喻抽象，易知比難知，使人印象鮮明。反觀：

1. 所以，從小我們三兄妹的體型就如金字塔一般，越下面體積越大。那個時候，一般人重男輕女的觀念還是很重。鄰居李伯母每每看不慣我這樣的「巧取豪奪」，也認爲媽媽竟能容忍女兒分食兒子的東西是不可理喻的。

——應平書《激情手記·兄妹情》

以「金字塔」喻三兄妹體型，造型誇張，十足幽自家人一默。另如描寫「臉」：

2.「喂！少年仔，你們書要買還是不買？那有人看那麼久的啦！新新書嗎（也）給你們看得變舊書！」

小包微微一笑，正正經經地說：「快看完了，唔免（不用）買啦！」馬上像剛下水的新布，老闆娘底臉縮了起來，一壁扯開喉嚨罵：「你娘咧！快看完了，唔免買?!」一壁就不由分說奪下小包和書呆子手裡的書，低頭一瞧，嘿！叫起來了。

——王禎和《人生歌王·素蘭小姐要出嫁——終身大事》

3.這是阿萬聽到阿貴最後的一聲叫喊。阿萬憐惜地蹲在阿貴的身旁，他聽到阿貴渾濁而短促的呼吸聲夾著呻吟，壯健的身軀抽搐扭動著。他也隱隱約約地看到阿貴透明的形體正和汙濁的身軀糾纏不清，那似乎是一種很大的痛楚，這種痛苦就好像要把兩輛背道而馳的汽車拉在一起。阿萬心想應該勸勸阿貴，當他俯下去仰視阿貴的臉時，他被嚇呆了，阿貴的臉似一團被扭乾的毛巾，整個都變形了，凸出的死魚眼怨恨地瞪著他。

——廖蕾夫《隔壁親家·竹仔開花》

其中老闆娘底臉「像剛下水的新布」縮了起來，阿貴的臉「似一團被扭乾的毛巾」整個變形，亦均爲誇張之比喻，極其渲染臉部之變化。至於：

4. 我的嘴巴反射出這句話。全場的人突然都靜默下來，然後前仰後翻地大笑起來。但校長卻緊閉著紅嘴巴，臉色像七月的茅坑。這是我第一次參加這種會議，不知道他們究竟在爭吵什麼，也不知自己回答了什麼話。一切情況似乎和自己所設想的完全不一樣呀！

——顏崑陽《龍欣之死．教者》

5. 在大學同學的時候，她眼睛裡未必有方鴻漸這小子。那時候蘇小姐把自己的愛情看得太名貴了，不肯隨便施與。現在呢，宛如做了好衣服，捨不得穿，鎖在箱裡，過一兩年忽然發現這衣服的樣子和花色都不時髦了，有些自悵自悔。從前她一心要留學，嫌那幾個追求自己的人沒有前程，大不了是大學畢業生。而今她身爲女博士，反覺得崇高的孤獨，沒有人敢攀上來。

——錢鍾書《圍城》

以「七月的茅坑」喻校長「臉色」，極其形容臉色之臭；以「做了好衣服，捨不得穿，鎖在箱裡，過一兩年忽然發現這衣服的樣子和花色都不時髦了」，極其形容蘇小姐眼高於頂，如今過了適婚年齡；則均屬嘲諷之比喻。

第五，比喻宜配合情景，近取諸身，塑造氣氛，暗示情節發展，形成呼應。如：

1. 分道樹苗的另一邊，就是南下的內車道，一輛輛車子迎面而來，從樹那邊閃過。由於兩邊對開的車速太快，偶爾有輛超車的，沒有公德心地按聲長喇叭，聲音突然由小而大，像是支巨大鐵杵，畫破天空的玻璃，刺耳的聲音，使人有種觸電的感覺。莊土坤腳下更加使勁，車速又快了些，窗口灌進的疾風，把他頭髮吹得像朵盛開的大菊花。

——張至璋《飛·慾》

2. 日復一日，他們的關係應該可以繼續下去的。但是女主人的腳步在樓頂消聲匿跡達半年之後終於在醫院去世了；喧嘩而令人煩懣不堪的告別式在巷子裡進行，棚架上藍白間條的帆布暫時橫阻在整條巷子的中央，一個警察推推帽沿，不安地踱步；女兒們抽噎著跪成幾朵白菊；那貓，仍然佇立在樓頂的邊緣向下眺望紛擾的行列。

——林燿德《一座城市的身世·樓頂的貓》

以「大菊花」喻莊土坤風吹的「頭髮」（第一例），並為莊土坤最後車禍死亡，埋下伏筆；以

「白菊」（第二例）喻抽噎跪著的「女兒們」，配合喪禮告別式，形成情境的統一。另如：

3. 娟娟穿戴好，我們便一塊兒走了出去，到五月花去上班。走在街上，我看見她那一頭長髮在晚風裡亂飛起來，她那一捻細腰左右搖曳得隨時都會斷折一般，街頭迎面一個大落日，從染缸裡滾出來似的，染得她那張蒼白的三角臉好像濺滿了血，我暗暗感到，娟娟這付相長得實在不祥，這個搖曳著的單薄身子到底載著多少的罪孽呢？

——白先勇《臺北人．孤戀花》

4. 一天晚上，我們終於又在公園裡看到了教主。那是個不尋常的夏夜，有兩個多月，臺北沒有下過一滴雨。風是熱的，公園裡的石階也是熱的，那些肥沃的熱帶樹木，鬱鬱蒸蒸，都在發著暖煙，池子裡的荷花，一股濃香，甜得發了膩。黑沈沈的天空裡，那個月亮——你見過嗎？你見過那樣淫邪的月亮嗎？像一團大肉球，充滿了血絲，肉紅肉紅的浮在那裡。公園裡的人影幢幢，像走馬燈一般，急亂的在轉動著。

——白先勇《臺北人．滿天裡亮晶晶的星星》

第三例中，落日紅光映染娟娟三角臉「好像濺滿了血」，和後來娟娟在柯老雄淫威暴力下發瘋似撲殺對方的結局遙相呼應。第四例以「一團大肉球，充滿了血絲，肉紅肉紅的浮在那裡」喻「淫邪的月亮」，塑造出詭異腥紅的不安氣氛，與結尾「教主孤獨的立在那裡，一直到那團肉球般的紅月亮，從他身後懨懨下沈的當兒，他才離開公園」前後銜接，可見作者寓意所寄。至於在現代詩中，往往運用相近的聯想，以景喻情。如：

5. 貼在
西單街牆上的抗議
一夜之間
凝成了冰柱
大家癡癡地佇立屋簷下
等
等
等春天來到後
融化爲
滿街的吼聲

——洛夫《時間之傷·北京之冬最後一節》

6. 八年離亂

燈下夫妻愁對這該是最後一次了
愁消息來得突然惟恐不確
愁一生太長而今又嫌太短
愁歲月茫茫明日天涯何處
愁歸鄉的盤纏一時無著
此時卻見妻的笑意溫如爐火
窗外正在下雪

——洛夫《月光房子·車上讀杜甫》

第五例中「冰柱」是眼前實景，亦為目下政治環境之喻；第六例「爐火」是室內取暖的實景，亦為妻子笑意的比喻。

綜上所述，可見高明的比喻在於善用相似、相對、相近的不同聯想，進而結合主題結構之有機運用，並非僅只徒騁想像而已。

注釋

❶相似比喻，另如「名聲如霧，頃刻間消失無蹤」（衛理斯）、「求名利如手掬水，掬得一時，終會流失」

（汪家慶，見聯副《小語庫》）。

❷事實上，「預言」可為喻體，亦可為喻依。如「日子一天天過去，大約是春節前四、五天，我們看見它開了兩朵粉紅色的花，彷彿小小的預言，接著，花朵迅速占領每一處她想開放的地方，喧喧鬧鬧，不可抑遏的，花開的聲音」（許悔之《眼耳鼻舌．花事》）。

❸「泡沫」亦可比喻「謠言」：「謠言就像泡沫一樣，你愈攪和，泡沫就愈多，不管它，它反而消失了。」（張美英，見聯副《小語庫》）

❹雙襯之喻，另如「結婚——是天堂，也是地獄」（德國諺語）、「金錢是個可怕的主人，卻是位絕佳的僕人」（P.T.巴納姆）、「我是火燄，也是乾柴，我的一部分消耗掉了我的另一部分」（紀伯侖《沙沫集》）。

❺與「生命」相近的喻體有「人生」、「生活」，喻「人生」的，如「人生有如一面當衆表演小提琴獨奏，一面又隨著演奏學習這種樂器」（利頓男爵）、「人生像一條短毛毯；往上拉，下面的腳趾頭會抗議；往下拉，肩膀又會冷得顫抖；只有歡欣的人們能縮縮膝蓋，度過一個舒適的夜晚」（馬瑞安．霍華）、「人生像牌戲，發給你的牌代表決定論；你怎麼玩卻是自由意志」（尼赫魯）、「人生是一所病院，每一個住院患者都一心想換自己的床」（波德萊爾）、「人生像個洋葱頭，一層層地剝下去，你就會發現裡頭根本空空如也」（亨克）等。喻「生活」的，則有「生活像刷牙，成為一個不加思索的習慣，人便越活越無感覺」（顧肇森《驚豔．紐奧爾良一九七八》）、「生活是冗長、拖沓、寫壞了的劇本」（楊照《大愛》）、「生活像刻好的版畫，他一次次套印既有的版面，祇是用了不同的顏色，便有不同的效果」（蘇

偉貞《紅顏已老》）、「她眞希望生活其實就是一個磨子，把她們磨碎，把水磨出來，完全失了原形，那也就好辦了，可惜不是，壓乾了，壓垮了，還是那個不能忘情的乾樣子需要滋潤，眞可笑，怎麼人就那麼有韌度？」（蘇偉貞《紅顏已老》）「祖母老是說生活像是把荆棘上的蜂蜜舔到口中」（亞當米克）。

❻以仿辭比「愛情」，如「愛如逆水行舟，不進則退；情如平原走馬，易放難收」（王璇，見聯副《小語庫》）。至於錢鍾書對老頭子「戀愛」喻爲「老頭子戀愛聽說像老房子著了火，燒起來沒有救的」（《圍城》），亦即「易放難收」上發揮。

❼亦可以「手電筒」喻「知識」，如「知識就像手電筒，它只是人走黑路時用來照亮腳前的工具，它方便實用，卻沒有遠識和洞見心靈的特質」（林清玄《拈花菩提．知識》）。

❽「夢」爲喻體，如「汝其知否我的夢如一床舊被遮蓋你」（方旗〈多防〉）、「我們的夢像屋子裡四處放置的臉盆，接著／一滴一滴的水」（陳黎《親密書．樓梯》）。

❾另如「而垂首處，詩詩的午夢清熟，一朵笑意自他的黑睫撒下，他沈重的頭壓著我，那重量讓人覺得多麼像鄉愁——它壓得你酸疼，但你不能放棄」（張曉風《曉風散文集．不是遊記》）、「山上多霧，初去時常覺得一種渺茫的寂寞。輕輕的霧就如輕輕的愁」（楊牧《葉珊散文集．自然的悸動》）、「一層層翻滾的潮水，濺著白沫／像騷然的回憶，起起落落」（余光中《夢與地理．水平線》）、「霧像愛情一般，在山的心上遊戲，呈現著美的種種奇妙」（泰戈爾《漂鳥集》）。

❿比喻「落日」，另如「那天，在下班的喧嘩紛擾中，偶一抬頭，見到了城市所特有的單調的落日——一個圓圓大大的紅盤，鬆鬆地停在灰黑色的水泥高樓上，雖然僅僅是這樣的景色，我的心裡還是微微一驚了」

（沈花末《關於溫柔的消息·落日》）、「落日淡下去，如一方古印／低低蓋在／一幅佚名氏的畫上」（余光中《白玉苦瓜·樓頭》）。

⓫另如「你走到窗前，梔子花香像煙一樣繚繞著密林，你看到林子之後，有一條閃爍的琉璃河，那是星子在人間的倒影；你感到幸福像衣上鈕扣易於掌握，忍不住展開雙臂，善解人意的夜鶯跳上你的肩頭，你決定像一隻蛾撲向琉璃燈火，因爲春夜的重量叫你無法承受……」（簡媜《夢遊書·發燒夜》），以「鈕扣」喻「幸福」。

⓬可參考「山是凝固的波浪——相對的聯想」（張春榮《一把文學的梯子》）。

喉嚨都要伸出手

——談嘲諷與修辭

嘲諷係自名實不符、表裡不一的角度，戳指眞相，有所揶揄；用以自我解嘲，或警惕對方。歷來言辭上的嘲諷（不包括情境的反諷），可透過雙關、析詞、倒辭、設問、比喻、夸飾、婉曲，形成鮮明褒貶意味。

以雙關爲例，雙關是最簡單直接的嘲諷。如：

1.他望著在各色閃亮的霓虹燈招牌中不甚起眼的那塊「吾家賓館」的招牌，告訴他的新婦：「喏，小丹，就是那一家，我們從前常住的賓館，吾家賓館，我們總是開玩笑說無家，無家，處處家，吾家就是無家就是我的家。」無家無家處處家，沒有家就是我的家。他慫恿他的妻子：「走，我們去住吾家。」

——鄭寶娟《從前從前有一條蛇．蜜月旅行》

2. 他看到小高的目光轉在彭小姐的眼前，突地頓住話頭。他知道小高要說什麼，連忙搶著問：「你認爲不亂花錢，是不良的『嗜好』？」「那裡，那裡，是高尚的『嗜好』！」小高左手一揮，再拍著右手抓的薪水袋。「所以大家都說你是『猶太國王』，是守財奴——」

——蔡文甫《沒有觀衆的舞臺》

第一例中「吾家就是無家」，對有家卻沒有家庭觀念的「他」自成嘲弄。第二例中「猶太國王」，意指守財奴之最，無非似褒實貶。至於林淸玄〈施工中〉（《比景泰藍更藍》）：

有一位計程車司機感慨的說：「臺北的交通是無救了，縱使李登輝做交通部長，郝柏村做臺北市長，也無藥醫了！」

由於對捷運系統的沒有信心，對臺北交通的絕望，每回看到「施工中」的牌子就覺得更加諷刺，就像我的一個朋友說的，他讀小學一年級的兒子總是把「施工中」唸成「拖工中」，老是糾正不過來。

則運用字形相近意義不同，直接流露諷刺之意。

以析詞爲例，往往經由詞彙的離析、增長，造成相反的詮釋。如：

1.中國大陸如今是鄧家「家天下」，鄧小平是「老大」。不過，我敢保證鄧家天下不可能再維持很久，而且，如果鄧家王朝一直沒想通「老大」的現代意義是「老百姓最大」，極可能鄧小平會像楊廣一樣下場，至於他會是怎麼個死法，放心，這件事老天會安排處理，反正他根本不可能「如天永壽」。

——阿盛《人間大戲臺．請看隋堤亡國樹》

2.那人聽包不同稱他爲「大仙」，登時飄飄然起來，說道：「你不是本門中人，這些神功的祕奧，自不能向你傳授。不過有些粗淺道理，跟你說說倒也不妨。最重要的秘訣，自然是將師父奉若神明，他老人家便放一個屁……」包不同搶著道：「當然也是香的。更須大聲呼吸，衷心讚頌……」那人道：「你這話大處甚是，小處略有缺陷，不是『大聲呼吸』，而是『大聲吸，小聲呼』。包不同道：「對對，大仙指點得是，倘若大聲呼氣，不免似嫌師父之屁……這個並不太香。」

——金庸《天龍八部》

第一例中將「老大」增長爲「老百姓最大」，諷指鄧小平完全不知民主政治的潮流（亦即至今仍把「民主」看成「我是主，你是民」的專制心態）。第二例則透過「大聲吸，小聲呼」的離析增字，呈現拍馬屁的嘴臉，栩栩如生，透顯出小心翼翼奉承的阿諛面貌。其間作者的嘲諷，不言可喻。

以倒辭為例，故意顛倒，話中帶刺，綿裡藏針，造成貶抑。如：

1.「大記者，怎麼那麼缺乏好奇心，眞不知道你那碗飯是怎麼捧的。」錢伯權見我興致不高，故意拿話來刺我。大記者三個字飽含反諷的味道，他自己在傳播界混了幾年，當然知道雜誌社是沒有記者這種編制的，再說，在理次髮要三、四百塊，喝杯咖啡要一、兩百塊的時代，一個稿費每千字二百八十塊的小雜誌外勤編輯，何大之有？

——鄭寶娟《短命桃花．人肉市場》

2.我是交過女朋友，一個貪吃零食的商專女生，皮包裡經常擺著五、六種零嘴，我們看電影，在公園裡散步，她的嘴巴總是嚼個不停。「妳吃東西的樣子好可愛。」我討好地說。

「你說謊。」她表情嚴肅，「你這是反諷。」

——黃凡〈慈悲的滋味〉

第一例中故意將「小記者」講成「大記者」，第二例「好可愛」，對方深覺是「不可愛」的顛倒（若自析詞角度而言，則成「可怕沒人愛」），均屬此類。

以設問爲例，設問中的激問旨在影射「答案在問題的反面」；諷刺之意，浮升言外。如：

1. 家莊上下男女老少，哪一個不是手上長了鋼爪，嘴裡裝了銅牙，胃裡長了個無底洞，不知道披了甚麼殼幾層皮？還有那些太太，到了家莊衣服也不會穿了，路也不會走了，一個個成了神氣鬼，還以爲自己是王妃公主？

——張貴興《薛理陽大夫》

2. 「呃，」我半天答不出話來，轉念才想起「丁骨牛排」裡的屠夫曾經對虔誠的教徒妻子「露露」說：「不殺生？那麼殺蔬菜就不算殺生嗎？」

——張大春〈公寓導遊〉

第一例以「不是」的激問口吻，諷指段福仁家莊的藏污納垢，第二例以「殺蔬菜就不算殺生」的激問，諷指雙重標準（亦即植物亦有生命），原則不統一。

以比喻爲例，作家透過比喻（往往結合夸飾），常寄寓諷刺，有所批評。如：

1. 女人的嘴，大概是用在說話方面的時候多。女孩子從小就往往口齒伶俐，就是學外國語也容易琅琅上口，不像嘴裡含著一個大舌頭。等到長大之後，三五成群，說長道短，聲音脆，嗓門高，如蟬噪，如蛙鳴，真當得好幾部鼓吹！等到年事再長，萬一墮入「長舌」型，則東家長，西家短，飛短流長，搬弄多少是非，惹出無數口舌；萬一墮入「噴壺嘴」型，則瑣碎繁雜，絮聒嘮叨，一件事要說多少回，一句話要說多少遍，如噴壺下注，萬流齊發，當者披靡，不可嚮邇！一個人給他的妻子買一件皮大衣，朋友問他「你是為使她舒適嗎？」那人回答：「不是，為使她少說些話！」

——梁實秋《雅舍小品．女人》

2. 一般人當然沒有這種本領，可是在餐桌之上我們也常有機會看到某些人使用筷子的一些招數，一盤菜上桌，有人揮動筷子如舞長矛，如野火燒天橫掃全境，有人膽大心細徹底翻騰如撥草尋蛇，更有人在湯菜碗裡撿起一塊肉，掂掂之後又放下了，再撿一塊再掂掂再放下，最後才選得比較中意的一塊，夾起來送進血盆大口之後，還要把筷子橫在嘴裡吮一下，於是有人在心裡嘀咕：這樣做豈不是把你的口水都污染了食物，豈不是讓大家都於無意中吃了你的口水？

——梁實秋《雅舍小品．圓桌與筷子》

第一例以「蟬噪」、「蛙鳴」喻女人的噪音，實嫌其聒噪；以「噴壺嘴」型喻女人之嘮叨，則諷其不知節制。第二例以「舞長矛」、「野火燒天橫掃全境」、「撥草尋蛇」喻揮動筷子模樣，誇大之餘，正諷指有些人毫無餐桌禮節，野蠻恣縱，簡直目中無人。

以夸飾爲例，在誇大的敘述中，訴諸主觀感受，突梯荒謬，不免亦有所諷刺。如：

1.他本想說辛楣怎會請到自己，這話在嘴邊又縮回去了；他現在不願再提起辛楣對自己的仇視，又加深蘇小姐的誤解。他改口問有沒有旁的客人。蘇小姐說，聽說還有兩個辛楣的朋友。鴻漸道：「小胖子大詩人曹元朗是不是也請在裡面？有他，菜可以省一點；看見他那個四喜丸子的臉，人就飽了。」

——錢鍾書《圍城》

2.同志哥啊，你可曾曉得甚麼是「精神會餐」嗎？那是一九六〇、六一年鄉下吃公共食堂時的土特產。那年月五嶺山區的社員們幾個月不見油腥，一年難打一次牙祭，食物中植物纖維過剩，脂肪蛋白奇缺，瓜菜葉子越吃心裡越慌。肚子癟得貼到了背脊骨，喉嚨都要伸出手。

——古華《芙蓉鎮》

第一例「看見他那個四喜丸子的臉，人就飽了」，誇稱曹元朗的胖臉之外，底下同時帶上嘲笑一筆（如果沒有「人就飽了」一句，則爲純粹的夸飾而已）。第二例「肚子癟得貼到了背脊骨，喉嚨都要伸出手」，夸飾中並結合擬人（「喉嚨都要伸出手」），藉以諷刺「精神會餐」的苦境。

以婉曲爲例，婉曲中的微辭，往往以間接方式諷刺。如：

1. 到第二星期，他發現五十多學生裡有七八個缺席，這些空座位像一嘴牙齒忽然掉了幾枚，留下的空穴，看了心裡不舒服。下一次，他注意女學生還固守著第一排原來的座位，男學生像從最後一排坐起，空著第二排，第三排孤零零地坐一個男學生。自己正觀察這陣勢，男學生都頑皮地含笑低頭，女學生隨自己的眼光，回頭望一望，轉臉瞧著自己笑。他總算熬住沒說：「顯然，我拒絕你們的力量比女同學吸引你們的力量都大。」他想以後非點名不可，照這樣下去，只剩有腳而跑不了的椅子和桌子聽課了。

——錢鍾書《圍城》

2. 明末崇禎年間，張獻忠流竄天下，後來據四川爲王，定都成都，改名西都，被後來《明史》寫成「僞」政府，一切官員、將軍、都督全加一「僞」字以爲區別。他個性嗜殺，入四川，頒行人人變色的七殺令，殺者不計其數。他有一名王姓部屬，自號七幹道人，人稱王七，意即王八之兄也。

——曾陽晴《謀殺愛情的方法》

第一例中「只剩有腳而跑不了的椅子和桌子聽課了」，亦即沒人聽課，此爲男主角（方鴻漸）的自我嘲諷。第二例「人稱王七，意即王八之兄也」，亦爲間接微辭，有所諷刺。凡此，則同爲言辭反諷的旨趣中，不同的修辭表現方式。

鳥鳴山更幽

——談反襯

反襯是用相反的事物襯托主體，表現內心的特殊感受；而運用與主體相反的特徵加以呈現，往往能刻畫「相反相成」的人心眞實。以古典詩爲例：

1. 茅簷相對終無事，
一鳥不鳴山更幽。
——王安石〈鍾山即事〉

2. 蟬噪林逾靜，
鳥鳴山更幽。
——王籍〈入若耶溪〉

第一例中「一鳥不鳴山更幽」是萬籟無聲，空山寂寂；統一在絕對的安靜中，沒有任何干擾；第二例中雖然蟬鳴噪響，卻倍感綠林的幽靜❶；雖然鳥音清啼，卻更加顯出山中的幽寂，毫無人世的喧囂刺耳，是動態的和諧，相對的統一，傳達出生命的眞實。因此，陳之藩〈圖畫式的與邏輯式的〉（《劍河倒影》）寫道：

「花落春猶在，鳥鳴山更幽。」

乍看這詩時，是這樣想：「花落了，是春去矣，爲什麼春猶在呢？鳥鳴了，是山不幽矣，爲什麼山更幽呢？」但是，再念一兩遍時，味道就出來了。

其中所謂「味道」，即是透過反襯修達所透顯出的深層理蘊。

最常見的反襯有聲音上的反襯，如徐志摩〈天目山中筆記〉所云：

山中不一定是清靜。廟宇在參天的大木中間藏著，早晚間有的是風，松有松聲，竹有竹韻，鳴的禽，叫的蟲子，……靜是不靜的。

所謂「靜是不靜的」，正是以「不靜」的自然聲籟反襯出山中的「靜」。而這樣的造句正屬矛盾語法，可見反襯正是表面上貌似矛盾，實質上卻不矛盾，另有道理可說。事實上這種藉聲響反寫寂靜的手法，在現代文學中非常流行。如：

1. 常想起當時爲了買傘遠去美濃的舊事。六月的炎陽走了一個小時遠路的舊事。地頭那一泊明鏡般的湖水曾令我愕然屛息，滿樹累累的椰子令人瞠目垂涎，悵然久之。置身於湖中小亭，清風自四面林間吹起，趕著水紋一路不停地蕩了過來，直是將一身煙塵都滌淨了。湖邊有一個小孩脫了衣服在玩水，嘻笑的聲音聽在耳中倍覺幽靜。顧盼間的淺笑輕顰，自己都覺得如在畫裡。

——柯翠芬〈隨意小札〉

2. 也就在這時候，我發現什麼事情不對勁了：我沒料到他們在每一處觀眾離去後都把燈光熄滅，連一盞照路的也不留。現場工作人員也緊隨觀衆遷徙，此時大夥全在聖湖那裡，其他地方——這片占地三十公頃、迷宮似的建築群裡，除了我便沒有一個人，而且沒有一盞燈。我迷路了。

在黑暗中我不能不聽見自己急促得顯著慌亂的腳步聲，沙沙沙沙，那麼清晰，襯得周遭愈發寂靜——我忽然發現這是一種令人毛骨悚然的寂靜。沒有任何聲音可以幫助我辨識方向，而我已經胡亂摸索了一段路，此時每一道黑魆魆的牆、每一塊形狀模糊的巨石都已不具有方位的意義了。

——李黎《天地一遊人．神殿的月夜》

3. 此時外面正是炎暑炙人的盛夏，進山前見過一條大沙河，渾濁的水，白亮的反光，一見之下就平添了幾分煩熱；而在這裡，幾乎每一滴水都是清澈甜涼的了，給整個山谷帶來一種不見風的涼爽。有了水聲，便引來蟲叫，引來鳥鳴，各種聲腔調門細細地搭配著，有一聲、沒一聲，搭配出一種比寂然無聲更靜的靜。你就被這種靜控制著，腳步、心情、臉色也都變靜。

——余秋雨《文化苦旅．寂寞天柱山》

其中「嘻笑的聲音聽在耳中倍覺幽靜」（第一例）、「自己急促得顯著慌亂的腳步聲，沙沙沙沙，那麼清晰，襯得周遭愈發寂靜」（第二例）、「有了水聲，便引來蟲叫，引來鳥鳴，各種聲腔調門細細地搭配著，有一聲、沒一聲，搭配出一種比寂然無聲更靜的靜」（第三例），均是相同的反襯修辭。又如：

4. 許太太把她剛才給曼楨泡的一杯茶也送過來了。世鈞拿起熱水瓶來給添上點開水，又把檯燈開了。曼楨看見桌上有個鬧鐘，便拿過來問道：『你們明天早上幾點鐘上火車？』

世鈞道：『是七點鐘的車。』曼楨道：『把鬧鐘撥到五點鐘，差不多吧？』她開著鐘，那軋軋軋的聲浪，反而顯出這間房間裡面的寂靜。

——張愛玲《惘然記》

5.再灌一口啤酒：敬妳一杯！說出來，他被自己的聲音嚇了一跳，回聲似乎特別的大，屋子太靜了，雖然電視裡播報員滔滔講個不停，但那聲音更襯出這屋子的寂靜。或是寂寞……

——葉姿麟《她最愛的季節．告別式》

亦藉「軋軋軋的聲浪，反而顯出這間房間裡面的寂靜」（第四例）、「那聲音更襯出這屋子的寂靜」（第五例），捕捉當時的情境。當然反襯用此，不止如此。如非馬的小詩〈啞〉（《路》）：

伶俐的嘴
有時候比啞巴還
啞
連簡簡單單的

我——
都不敢
說

則透過比較，反襯「伶俐的嘴」有時是更大的啞巴，心靈上的自我封閉。而林清玄〈生一盆火〉（《拈花菩提》）：

在最黯暗無光的所在，最能看見自己清亮無塵的心靈。
在越安靜無聲的地方，越感覺到自己的念頭非常爭吵。
在至頂的山顚，使我們有謙卑之念。
在沈落的深谷，我們看見了雲天無限。
再給我加把鹽吧！平淡生活時我這樣說。
再爲自己生盆火吧！在心靈冰雪之嚴冬，我告訴自己。

則透過「越安靜無聲的地方」的對顯，反而「越感覺到自己的念頭非常爭吵」，藉外在之靜襯顯內心之不靜。

其次，視覺上的反襯，猶如王安石所云：

濃綠萬枝紅一點，動人春色不須多

——〈詠石榴花〉

可以萬綠叢中一點紅，以多襯少，呈顯視覺焦點。現代作品如：

1. 摩根家族發跡的故事。據他說，老摩根從歐洲老家飄流到北美洲時，窮得只有一條褲子，後來夫婦兩人開了一片小雜貨鋪。他賣雞蛋的時候從來不自己動手，而叫老婆拿給顧客看。因爲老婆手小，這樣就襯得雞蛋大一點。正是由於他這樣會盤算，他的後代才建立一個摩根金融帝國。

——張賢亮《綠化樹》

2. 在我的書房的牆壁上有一張複製的波納爾的版畫「小洗濯女」，一個全身墨綠的少女，右手拄著雨傘，左手挽著一籃待洗的衣物，斜斜走過溼滑的街道。街道與街道旁屋子石壁的明亮色調反襯出洗衣女身上的沈重，這沈重帶給觀者無言而淡遠的哀愁。

——陳黎〈旅行者〉

3.連繫他住的旅館和我的旅館的是一條彎彎曲曲的潮水線。透過酒後彷彿塞著兩團棉球懵然失聰的耳膜，濤聲也覯濃似醉了。夜已然黑沈下來。白色的浪邊在黑夜底色的對襯之下，皎白瑩然。

——曹又方《天使不做愛．快樂旋轉馬》

4.「我在夜裡外望旗津，兩端一直是明顯的對比，靠輪渡的這一頭，隨著夜色，房舍的燈火逐漸熄去，深夜時分只是熟睡的沈沈一片；遠方海底隧道那頭，則船塢碼頭，通夜光燦，襯得星月黯淡。」

——黃碧端《沒有了英雄．與旗津島相看》

其中以「手小」反襯「雞蛋大」是老摩根做生意的慧黠，而「街道與街道旁屋子石壁的明亮色調」（背景）反襯「洗衣女身上的沈重」（主體）、「黑夜底色」（背景）反襯「白色的浪邊」（主體）、「船塢碼頭，通夜光燦」（背景）反襯「星月黯淡」（主體），自能更加突顯視覺上明暗的感受。至於藍蔭鼎所記：

前兩年，偶然在一本書中，看見一段描寫日本古代女子化妝術的記載，那時每個女子都流行將一顆門牙鑲以黑色，而引以爲美。細究其道理，不外是藉黑色之對比，襯托出整排牙

> 齒的光潔。
>
> 這又使人聯想起本省人喫西瓜時，有沾鹽而喫的習俗。想來其作用也不外是借鹽之鹹味，顯出西瓜之甜味來。
>
> ——《鼎廬小語．美》

所謂沾鹽喫西瓜，以鹹襯甜則爲味覺上的反襯。

大抵掌握反襯的觀念，將對主客間的關係變化，有深一層的認識。試看吳正的〈十句話〉，（《十句話》，張默編）：

> 告訴那庸俗的一群：蛙叫還爲夏夜的寧靜添趣呢。

如此面對「蛙叫」，不再只覺喧吵，反而能品嚐「夏夜的寧靜」，而免於心隨境轉的蕪雜，提升爲境由心轉的雅趣。

注釋

❶現代散文中常用此句。如「樹背隱約有細微的聲響。一窩新生命正待啓航。最先探頭的小雞甫從湯裡爬上

來般狼狽。母雞不時去啄剩下的半個蛋殼。風在午睡，鳥鳴把幽林叫得更深靜。土地公倒眞會隨遇而安，人類對祂不理也不睬，祂卻自願變成小雞的守護神，好歹不閒著」（鍾怡雯《河宴．河宴》），其中「鳥鳴把幽林叫得更深靜」即是。

鄉夢窄，水天寬

——談對偶

壹

對偶是藉對等結構之句型，以成雙成對的形式展開相關情思，表現文章規律、工整、對稱之美。講究詞性相同、平仄相對、字數相當❶。以吳文英詞爲例：

1. 鄉夢窄，水天寬，小窗愁黛淡秋山。吳鴻好爲傳歸信，楊柳閶門屋數間。——〈鷓鴣天〉

2. 倚銀屏、春寬夢窄，斷紅溼、歌紈金縷。——〈鶯啼序〉

詞中「鄉夢窄，水天寬」、「春寬夢窄」，均為情景相對；「鄉夢窄」言情，「水天寬」寫景；「春寬」寫景，「夢窄」言情；上下交映，傳達觸景傷情之慨。又「寬」、「窄」二字，平仄相對，極為工整。

大抵詩文中對偶，包括名詞（「山／水」、「花徑／蓬門」），代名詞（「我／君」、「自／誰」），形容詞（「淺／深」、「漠漠／陰陰」），動詞（「迎／送」、「臨／覽」），副詞（「應／亦」、「猶／豈」），連接詞（「同／共」、「而／與」），語氣詞等相對。在顏色上、方位詞上，如「黃葉」一詞，可以和「紫林」、「翠峰」、「黛眉」、「碧茵」、「彤帷」、「紅煙」、「灰泥」等相對，「雲中鶴」可以和「海底城」、「瓦上霜」、「法外情」、「局外人」、「劍下魂」、「霧裡花」、「枕畔詩」等相對，運用在句型上，以基本句型為例：

1. 這些山中之聖、石中之靈，擁著純淨得近乎虛無之境，守著天地交接的邊疆，把同儕的對話，越過下面的簇簇青山，提高到雪線以上。怪不得什麼都聽不到了，血肉的年齡怎能去高攀地質學的什麼代什麼紀呢？登高望遠，不但是空間的突破，間接地，也是時間的再認。風景可以是一面鏡子，淺者見淺，深者窺深，境由心造，未始照不出一點哲學來。

2.然而猶太人是占領者，阿拉伯人是被奴役者。沙漠中也許可以長出青菜，仇恨中卻長不出和平。一個年輕的以色列女人被殺了，一歲多的孩子在屍體邊哇哇大哭。

——余光中《隔水呼渡．山國雪鄉》

——龍應台《人在歐洲．在受難路上》

「淺者見淺，深者窺深」（兼重出）、「沙漠中也許可以長出青菜，仇恨中卻長不出和平」（兼動詞二分）均爲敍事句之對偶。

3.夫人之立言，因字而生句，積句而成章，積章而成篇。篇之彪炳，章無疵也；章之明靡，句無玷也；句之清英，字不妄也；振本而末從，知一而萬畢矣。

——《文心雕龍．章句》

4.萬壑有聲含晚籟，
數峰無語立斜陽。

——王禹偁〈村行〉

「章無疵也」、「句無玷也」，「萬壑有聲」、「數峰無語」均屬有無句之對偶。

5. 乍雨乍晴花易老，
閒愁閒悶日偏長。
——秦觀〈浣溪沙〉

6. 荆棘叢中立足易，
水晶簾下轉頭難。
——芭蕉禪師詩

均爲表態句之對偶（「乍雨乍晴」、「閒愁閒悶」，「荆棘叢中」、「水晶簾下」均爲補詞）。

7. 酒是治愁藥，
書是引睡媒。
——陸游〈晚步舍北歸〉

8. 我把浴室的門關起來。女孩子的嘴是鋼打的，男孩子的嘴是馬桶做的——這是我們物理老師說的，眞的，很有道理，一個是永遠說不累，一個是又臭又髒。
——吳念眞〈抓住一個春天〉

第七例及第八例「女孩子的嘴是鋼打的，男孩子的嘴是馬桶做的」（「鋼」、「馬桶」借喻極硬、極臭），均爲判斷句之對偶。

9. 前有喬松十數株，修竹千餘竿；青蘿爲牆援，白石爲橋道；流水周於舍下，飛泉落於簷間。

——白居易〈與元微之書〉

10. 柔軟心是蓮花，因慈悲爲水，智慧做泥而開放。

——林清玄《清涼菩提‧柔軟心》

「青蘿爲牆援，白石爲橋道」（第九例）、「慈悲爲水，智慧做泥」（第十例）均爲準判斷句之對偶，以上十例爲五種基本句型。至於特殊句型上：

11. 紡車是母親生活的一部分，也是她生命的一部分。從少女時代就一隻手牽著，一隻手搖著，把少女搖成了白髮的老嫗，把挺直的腰桿搖成佝僂。然後再教十六歲的女兒搖。再過幾十年，十六歲的女兒也會搖成六十歲的白髮婆婆，叮嚀一聲聲的傳下去。

12.拉大提琴的那位中年漢子，戴一頂氈帽，黑色長指像美麗的黑鍵子般滑動，頭往後仰，眼睛半閉，他的臉飽含世故，可是又很溫和而無害。把痛苦吸到內臟裡去，把安穩擺到臉上來。

——張拓蕪《代馬輪卒續記·紡車》

——洪素麗《浮草·一種青天》

「把少女搖成了白髮的老嫗，把挺直的腰桿搖成佝僂」（第十一例）、「把痛苦吸到內臟裡去，把安穩擺到臉上來」（第十二例）分別為把字句對偶。

13.就像我們看到甘蔗、檸檬、苦瓜、辣椒等等無情的植物，使我們知道了既然生而為人，走在酸、甜、苦、辣的不可規避之路，就應該在種種滋味中學習超越乃至清淨的智慧，學習如何破除偏執開啓更廣大的自我。如果在辛酸時就被辛酸埋沒，與一粒檸檬何異？如果在甜蜜時就被甜蜜沈溺，和一株甘蔗又有什麼不同呢？

——林清玄《拈花菩提·無情說法》

14.他走近那鏡子前，隔著那管靜脈似的花，鏡子裡一個陌生的人，彷彿滲著水的黏土像，眉是長而濃的，眼是暗而深的，口鼻輪廓卻被歲月不停塑揑，給喜怒哀愁不住修改，柔和迷渺；猛地給嫉妒和自疚一沖一擦，又水漾漾的化開去。

——鍾偉民《水色・望海圖》

「在辛酸時就被辛酸埋沒」、「在甜蜜時就被甜蜜沈溺」（第十三例），「被歲月不停塑捏」、「給喜怒哀愁不住修改」（第十四例），分別爲被動句對偶。

15. 道與之貌，天與之形，無以好惡內傷其身。

——《莊子・德充符》

16. 然後是我們在新的教室裡做雕塑，我和焦林合作塑一個頭像，我們都捏著石膏。起初，我並不知道我們要完成一件甚麼樣的作品。漸漸的，臉龐成形了，五官的輪廓確定了，怎麼，這不是左良玉的頭像嗎，神情還保留著投宿農家吹火燒水的親切呢。我仔細修飾它的脖子，我的手掌輕柔的均勻的撫摩由脖子到肩膀的弧形，我內心的溫熱給了它溫熱，我掌肉的彈性給了它彈性。

——王鼎鈞《山裡山外・車上車下》

「道與之貌，天與之形」（第十五例）、「我內心的溫熱給了它溫熱，我掌肉的彈性給了它彈性」（第十六例），分別爲雙賓語句型之對偶。就以上句型觀之，古典詩詞中之對偶較嚴整，現代作品之對偶較寬，詞性相對，不特別注意平仄相對；似此較寬的對偶，或許以「對句」稱之，更爲適當。其次，對偶上下句中，不管詩文，難免用字重出，除了刻意藉以增強音節（如第一、五、十六例分別之當句重出）外，常常爲連接詞（繫詞）、語氣詞之重出，此爲自然現象，不必強求連這些虛詞亦必平仄相對。

貳・對偶類型

歷來對偶，據意義分類，以相反、對比（亦稱「反對」）❷者最具張力，最能抒懷寫志。大抵可分七類❸。

一・有無對

一句寫「有」，一句寫「無」，前後對映變化。如：

1. 仙人有待乘黃鶴，
海客無心隨白鷗。

2. 花鬚柳眼各無賴，
紫蝶黃蜂俱有情。
——李白〈江上吟〉

3. 更無柳絮因風起，
惟有葵花向日傾。
——李商隱〈二月二日〉

4. 白髮無情侵老境，
青燈有味似兒時。
——司馬光〈初夏〉

5. 存亡慣見渾無淚，
鄉井難忘尚有心。
——陸游〈秋夜讀書每以二鼓盡爲節〉

6. 十有九人堪白眼，
百無一用是書生。
——蘇軾〈過永樂文長老已卒〉

——黃景仁〈雜感〉

7.雲霞雕色，有踰畫工之妙；草木賁華，無待錦匠之奇；夫豈外飾，蓋自然耳。

——劉勰《文心雕龍·原道》

8.天高地迥，覺宇宙之無窮；興盡悲來，識盈虛之有數。

——王勃〈滕王閣序〉

9.平地坦途，車豈無蹶？巨浪洪濤，舟亦可渡。料無事必有事，恐有事必無事。

——陸紹珩《醉古堂劍掃》

10.傲骨不可無，傲心不可有；無傲骨，則近於鄙夫，有傲心不得爲君子。

——張潮《幽夢影》

11.名教中有樂地，風月外無多談。

——王夢吉等《濟公傳》

現代作品如：

12. 老夫精神日損，講演邀請頻繁。深閉固拒，有傷和氣。舌敝唇焦，無補稻粱。

——梁實秋《雅舍小品三集・講演》

13. 才甫一月，他們就把你帶走了。有母親的孩子可聆母親的音容，沒母親的孩子可依向母親的墳頭，而我呢，娘，我向何處破解惡狠的符咒？

——張曉風《步下紅毯之後・許士林的獨白》

14. 「心無二用，情有獨鍾」，這是使任何事情做成功的不二法門。

——亦耕《尋夢與問津・三封信，一片心》

其中「有傷和氣」、「無補稻粱」，「有母親的孩子可聆母親的音容，沒母親的孩子可依向母親的墳頭」，「心無二用，情有獨鍾」，均爲清新之有無對。至於：

15. 我說，有能力砌半道牆給別人靠一靠是做人的福氣，沒能力鋪橋造路好歹挖個坑把自己埋妥當了，才算不欠。

——簡媜《胭脂盆地・春日偶發事件》

16. 有智慧的人，從別人身上看到自己所欠缺的美德；沒智慧的人，從別人身上看到自己還未滿足的慾望。

——顏崑陽《智慧就是太陽·狗的研究》

則均為有無對之餘，兼人我對（「人」、「自己」）。

二·人我對

一句寫自己（「我」、「我們」），一句寫別人（「你」、「爾」、「君」、「他」、「彼」、「他們」等），如：

1. 知人者智，自知者明。

——《老子·三十三章》

2. 人一能之，己百之；人十能之，己千之。果能此道矣，雖愚必明，雖柔必強。

——《禮記·中庸》

3. 無道人之短，無說己之長。

——崔瑗〈座右銘〉

4. 臣無祖母，無以至今日；祖母無臣，無以終餘年。

5. 朱顏今日雖欺我，
白髮他時不放君。
——李密〈陳情表〉

6. 詩來嗟我不同醉，
別後喜君能自寬。
——白居易〈戲答諸少年〉

7. 君如老驥初遭絡，
我似枯桑不受條。
——黃庭堅〈和答登封王晦之登樓見寄〉

8. 敢云大隱藏人海，
且耐清貧讀我書。
——蘇軾〈葉公秉王仲至見和次韻答之〉

9. 知我意，
感君憐，
此情須問天。
——門聯

10. 換我心，
為你心，
始知相憶深。
——李煜〈更漏子〉

11. 我和你有個比喻，
我似那靈鳥在後，
你這等笨鳥先飛。
——顏敻〈訴衷情〉

12. 他，他，他，傷心辭漢主，
我，我，我，攜手上河梁。
——關漢卿《陳母教子》第一折

13. 世間謗我、欺我、辱我、笑我、輕我、賤我、厭我、騙我，如何處治？
只是忍他、讓他、由他、避他、耐他、敬他、不要理他，再過幾年，看他如何？
——馬致遠《漢宮秋》第三折

——上聯寒山，下聯拾得

現代作品如：

14. 一樹蓓蕾莫道是他人子弟
滿園桃李當看作自己兒孫

——《中區高中國文教學輔導手冊》封底對聯

15. 藝術之美往往在痛苦中產生：創造者把美和歡悅獻給後人，卻把痛苦留給自己。

——余光中《從徐霞客到梵谷．巴黎看畫記》

16. 每一個人心中都有一張瑰麗的圖畫，這張圖畫全仗大家通力合作來完成。只是，大夥兒卻都只看到別人手上骯髒的油彩，忘了低下頭檢視一下自己正在塗抹的顏色。

——廖玉蕙《不信溫柔喚不回．瑰麗的圖畫》

17. 寂靜可以保有自己，
熱鬧卻可以擁住別人。

——顏崑陽《傳燈者．年景二幅》

18. 做戲做得好能騙別人，
做得不好只能騙騙自己。

——蘇童《妻妾成群》

19. 我唱著，「糾正，無法糾正的錯誤。觸及，無法觸及的星辰。戰勝，無法戰勝的爭戰。實現，無法實現的夢幻。」夢幻騎士，彼得奧圖和蘇菲亞羅蘭，我們總是唱著他們的歌曲，想我們的心事。

——朱天文《荒人手記》

20. 道德是提昇自我的明燈，不該是呵斥別人的鞭子。

——《證嚴法師靜思語》，高信疆編

21. 以智慧處理自己的問題，用慈悲解決他人的煩惱。

——《聖嚴法師法鼓集》，林清玄編

22. 這寶劍的青光或將輝煌你我於
寂寞的秋月
你死於懷人，我病爲漁樵

——楊牧《傳說·延陵季子掛劍》

23. 斷不了的一條絲在中間
就牽成渺渺的水平線
一頭牽著你的山
一頭牽著我的眼

至於外國作家所謂：

——余光中《紫荊賦·別香港》

24. 如果一個人欺騙我一次，可恥的是他！如果他欺騙我兩次，可恥的是我。

——《智慧語》，王壽來譯

25. 寂寞的人在孤獨之中，被自己吞噬；在人群之中，被大眾吞噬。

——尼采

26. 別家丈夫是紫丁香，自家丈夫是仙人掌。

——法國諺語

27. 男人的年齡由自己來感覺，女人的年齡由別人來感覺。

——柯林斯

28. 月亮把她的清光照耀整個天空，黑斑卻留給她自己。

——泰戈爾《漂鳥集》

29. 你若禁止我做我想做的事便是迫害，但我若禁止你做你想做的事，那即是法律、秩序和道德。

30. 對自己覺得滿足的人，經常對別人覺得不滿足。經常對自己覺得不滿足的人，經常對別人感到滿足。

——蕭伯納

31. 我們判斷自己，覺得自己有能力做甚麼；別人判斷我們，是看我們已經做了些甚麼。

——托爾斯泰

32. 我們應用放大鏡來看自己的錯誤，而用縮小鏡來看別人的錯誤，這樣才能比較公正地評斷自己和別人的錯誤。

——朗費羅

——甘地

33. 宇宙間人的生滅，猶如大海中的波濤的起伏。大波小波，無非海的變幻，無不歸元於海；世間一切現象，皆是宇宙的大生命的顯示。阿難！你我的情緣並不淡薄，你就是我，我就是你：無所謂你我了！

——《豐子愷文選・阿難》

均屬人我對。當然，自更大的角度觀之，人我之間，實無分別。豐子愷云：

則又值得我們深思相對背後的會通。

三・大小對

有空間之大小、時間之大小，往往與數目之大小相結合。如：

1. 天地爲愁，
草木淒色。
——李華〈弔古戰場文〉

2. 落霞與孤鶩齊飛，
秋水共長天一色。
——王勃〈滕王閣序〉

3. 欲窮千里目，
更上一層樓。
——王之渙〈登鸛雀樓〉

4. 落木千山天遠大，

澄江一道月分明。

——黃庭堅〈登快閣〉

5.縱一葦之所如，
凌萬頃之茫然。

——蘇軾〈前赤壁賦〉

6.山河千古在，
城郭一時非。

——文天祥〈南安軍〉

7.棲守道德者，寂寞一時；
依阿權勢者，淒涼萬古。

——洪自誠《菜根譚》

8.萬古長空，
一朝風月。

9.目空一世翻成隘，
胸有千秋定不狂！

——天柱崇慧禪師

——阮鏞

10. 胸中小不平，可以酒消之；
世間大不平，非劍不能消也。

——張潮《幽夢影》

11. 學貴知疑：
大疑則大進，
小疑則小進。

——陳獻章

前五例（「天地」、「草木」，「落霞與孤鶩」、「秋水共長天」，「千里」、「一層」，「千山」、「一道」，「一葦」、「萬頃」）均爲空間之大小，後四例（「千古」、「一時」，「一時」、「萬古」，「萬古」、「一朝」，「一世」、「千秋」）均爲時間之大小。第十、十一例則逕以「小」、「大」言之。現代作品如：

12. 在群衆中，你生活于當時的時代中，
在孤獨中，你生活于所有的時代。

13. 舊曲使我再過一次十八歲，再做一次只憑情水就能抽葉生長的植物，萬慮未生，一念方始。

——唐君毅《人生的體驗》

14. 擁有一塊錢的人有一塊錢的快樂，擁有百萬家財的人有百萬家財的煩惱。

——王鼎鈞《左心房漩渦．黃河在咆哮》

15. 我的兒子不結婚是一個不結婚的問題，你的兒子結了婚卻千千百百個問題呀。

——何秀煌《人生小語（二）》

16. 一個人大聲說話，是本能；小聲說話，是文明。

——朱天文《荒人手記》

17. 大人物的傳記是給小人物看的，小人物的傳記是給大人物看的。這世界的缺憾之一是，小人物不寫回憶錄，即使寫了，大人物也不看。

——梁實秋《雅舍小品．旁若無人》

18. 大家庭裡做媳婦的女人平時吃飯的肚子要小，受氣的肚子要大。

——王鼎鈞《昨天的雲．小序》

——錢鍾書《圍城》

19. 小人物必須對自己說過的話負責；而大人物則有一大群人替他說過的話負責。

——元智人

第十二例爲「群衆」（大）、「孤獨」（小），「當時」（小）、「所有」（大）之大小對，十三、十四例以數目（「萬慮」、「一念」，「一塊錢」、「百萬家財」，「一個」、「千千百百個」）構成大小對。最後四例則逕以「大」、「小」相對（十七例包括當句的大小對）。至於外國作家，如：

20. 智慧是以千里眼觀物；愛情是以獨目看人。

——高爾基

21. 是小東西，我把它留下給我親愛的人，——大的東西則留給大眾。

——泰戈爾《漂鳥集》

22. 法律是蜘蛛網，大蒼蠅觸犯沒事；小蒼蠅卻給逮著。

——巴爾扎克

23. 普通人只要花一小時，就可做完的一件事，委員會必得費時一個禮拜才能完成。

——艾伯特·赫巴德

24. 所謂委員會，就是一群人眞正交談議論只幾分鐘，卻老要耗掉好幾個小時開會。

——密爾頓·伯利

25. 一位母親花了二十年的時間，使他的兒子成長爲男人；另一位女人卻花了二十分鐘將他變成傻瓜。

——佛洛斯特

26. 女人使男人得到幸福的方法有一種，但使男人陷於不幸的方法卻有三千多種！

——海涅

27. 謀殺了一個人，成爲惡棍；謀殺了上千的人，則變成英雄。

——拜比·波提斯主教

28. 假如你幹大事，他們會複製你的肖像；但如你幹小事，他們只會給你的大拇指印指模。

——貝爾

29. 如果你剽竊一個人的東西，那是抄襲；如果你剽竊許多人的東西，便成了研究。

——威爾森·麥茲耐

30. 多少實驗均無法證明我是對的；一次實驗便能證明我是錯的。

——愛因斯坦

亦爲大小對。

四・時空對

一句寫時間，一句寫空間。如：

1. 遵四時以嘆逝，
瞻萬物而思紛。

——陸機〈文賦〉

2. 天地者，萬物之逆旅；
光陰者，百代之過客。

——李白〈春夜宴桃李園序〉

3. 寂然凝慮，思接千載；
悄焉動容，視通萬里。

——劉勰《文心雕龍・神思》

4. 長爲萬里客，
有愧百年身。

5. 江海三年客，
乾坤百戰場。
——杜甫〈中夜〉

6. 萬卷藏書宜子弟，
十年種木長風煙。
——李商隱〈夜飲〉

7. 萬里春隨逐客來，
十年花送佳人老。
——黃庭堅〈郭明甫作西齋於潁尾，請予賦詩二首〉

8. 文起八代之衰，
道濟天下之溺。
——蘇軾〈和秦太虛梅花〉

9. 萬里風濤接瀛海，
千年豪傑壯山丘。
——蘇軾〈潮州韓文公廟碑〉

——元好問〈橫波亭〉

第一、五兩例「四時」、「萬物」，「三年客」、「百戰場」，分別爲時空對，兼數目之大小相對。第六、七兩例「萬卷」、「十年」，「萬里」、「十年」，亦數目大小成對。第八例「八代」爲時間，「天下」爲空間。第九例「萬里」爲空間，「千年」爲時間。現代作品如：

10.「日暮鄉關何處是？煙波江上使人愁。」看來崔顥是在黃昏時分登上黃鶴樓的，孤零零一個人，突然產生了一種強烈的被遺棄感。被誰遺棄？不是被什麼人，而是被時間和空間。在時間上，古人飄然遠去不再回來，空留白雲千載；在空間上，眼下雖有晴川沙洲、茂樹芳草，而我的家鄉在那裏呢？

——余秋雨《鄉居筆記・鄉關何處》

11.他搓搓雙手，將自己的一切，軀體和靈魂和一切的回憶與希望，完全投入剛才擱下的稿中。於是那六百字的稿紙延伸開來，吞沒了一切，吞沒了大陸與島嶼，而與歷史等長，茫茫的空間等闊。

——余光中《聽聽那冷雨・萬里長城》

12.從西門一踏進西敏寺，空間只跨了幾步，時間，卻邁過幾百年了。

——余光中《憑一張地圖・重訪西敏寺》

13.不再流浪了，我不願做空間的歌者，
寧願是時間的石人。

——鄭愁予《鄭愁予詩集·偈》

14.風摺疊著湖水
時間摺疊著臉

——洛夫《夢的圖解·童話》

「在時間上」、「在空間上」（第十例）係以時空座標爲架構，展開歷史情境的追索。「與歷史等長，茫茫的空間等闊」（第十一例）爲時空對（第二句承上省略「與」）。「空間只跨了幾步，時間，卻邁過幾百年」（第十二例）爲時空對之外，兼數目大小對，「不願做空間的歌者」、「寧願是時間的石人」（第十三例）爲二分結合時空對。「風摺疊著湖水」、「時間摺疊著臉」（第十四例）爲擬人結合時空對。

15.湖色千頃，水波是冷的，光陰百代，時間是冷的，然而一把傘，一把紫竹爲柄的八十四骨的油紙傘下，有人跟人的聚首，……

——張曉風《步下紅毯之後·許士林的獨白》

16.車過辛亥隧道

轟轟
烈烈
埋葬五十秒
也算是一種死法
烈士們先埋
而未死
也算是一種活法
入洞
僅僅五十秒
我們已穿過一小截黑色的永恆
留在身後的是
血水滲透最後一頁戰史的
滴答
出洞是六張犁的
切膚而又徹骨的風雨

而且左邊是市立殯儀館
右邊是亂葬崗
再過去
就是清明節

——洛夫《釀酒的石頭・雨中過辛亥隧道》

第十五例以「湖色千頃，水波是冷的」寫空間，「光陰百代，時間是冷的」寫時間。第十六例「左邊是市立殯儀館／右邊是亂葬崗」寫空間，「再過去／就是清明節」寫時間，這樣的對句頗能造成更大的慨嘆。甚而電視臺新聞廣告：

17. 您給我們三十分鐘，
我們給您全世界。

亦屬時空對，充分說明現代地球村媒體資訊的密切關連。

五．情景對

一句寫景，一句寫情，如：

1. 身在江海之上，
心居乎魏闕之下。
——《莊子．讓王》

2. 形若槁骸，
心若死灰。
——皇甫謐《高士傳．被衣》

3. 時一牽裳涉澗，負杖登峰，心悠悠以孤上，身飄飄而將逝，杳然不復自知在天地間矣。
——祖鴻勳〈與陽休之書〉

4. 眼當穿落日，
心死著寒灰。
——杜甫〈喜達行在所〉

分別以「身」、「心」，「形」、「心」，「心」、「身」，「眼」、「心」相對，極爲明顯。反觀「樹欲靜而風不止，子欲養而親不待」（《韓詩外傳》），則爲景與人相對（亦即略喻）。至如杜甫其他詩作：

5. 帝鄉愁緒外，
春色淚痕邊。
——〈泛舟送魏十八倉曹還京，因寄岑中允參，范中郎季明〉

6. 只益丹心苦，
能添白髮明。
——〈月〉

7. 長路關心悲劍閣，
片雲何意傍琴臺。
——〈野老〉

8. 近淚無乾土，
低空有斷雲。
——〈別房太尉〉

均爲情景相對，塑造感人氣氛。第八例除情景對外，並爲有無對。現代作品如：

1. 這世紀，每一條道路在加寬，而人心卻越狹窄。

——沈臨彬《方壺漁夫·泰瑪手記》

2. 人口越來越多，寂寞也越來越深，也許是被擠的，人都變得畏畏縮縮的，除非爲了「覓食」，誰都不輕易的把腦袋伸出來。

——亮軒〈主與客〉

3. 紐約人口一千萬，市中心區人行道上，人與人摩肩擦背，而心的距離很遠，愈使我懷念純樸農村的溫厚人情味。

——琦君《千里懷人月在峰·芳草天涯》

4. 三杯下肚後，人性漸醒衣裝漸褪。

——管管〈十句話〉

5. 地上游移的是人的心，天上游移的是孤獨的雲。

——高淑芬

6. 天上星多月不明，地上人多心不平。

——俗諺

7.現代人彼此住得很近，心卻很遠；大樓建得很高，視野卻很小。

——素心人，見聯副《小語庫》

均爲情景相對，立意鮮明。至如：

8.是啊，蒼天之下，我是膽小之人，不敢探視雲層背後那個無邊無際的世界。「在我頭上，群星之天宇；在我心中，道德之律則。」這是康德終身的仰望，也將是我終身的疑惑了。

——周芬伶《花房之歌·時空錯愕》

9.塔在前，往事在後，我將前去祭拜，但，娘，此刻我徘徊佇立，十八年，我重溯斷了的臍帶，一路向你泅去，春陽暖暖，有一種令人沒頂的怯懼，一種令人沒頂的幸福。

——張曉風《步下紅毯之後·許士林的獨白》

10.不但是讀書的人，任何企望成功立業的人，頭頂上不能沒有一片藍天，心田裡不能沒有一方淨土。

——朱炎《我和你在一起·寧靜的重要》

所謂「在我頭上，群星之天宇；在我心中，道德之律則」（康德謂「有兩件事使心靈充滿敬畏——一爲天上星辰，一爲人心之道德」）、「塔在前，往事在後」、「頭頂上不能沒有一片藍天，心田裡不能沒有一方淨土」，均一句寫外景，一句寫內在感受，構成豐美的文思。

11. 爲了彩虹，強忍愁雨；

爲了重逢，強忍分離。

——李抱忱〈人生如蜜〉歌詞

12. 把天空留給雲和鳥，把心事留給自己，日子是要度過的，祇是趁著身子還沒平躺下去，多畫一些燈也好，不然尚指望什麼？阿木伯把仰視的眼光收回來，雙手抱胸，低彎著腰的樣子就如懷擁著太多的心事，回身把沈沈冷冷的天空留在外頭。

——陳煌《香火繼續燃燒・天公燈》

13. 風箏斷了，才擁有天空？

感情斷了，才擁有惘然？

對有些人而言，「愛」在相遇以前，它的名字叫期待，在相遇以後，它的名字叫傷害。

——張春榮《青鳥蓮花・情愛》

14. 粉筆愈寫愈短
您的愛愈綿愈長

——郭麗華〈以我爲榮，我是您的驕傲〉

均先寫外景（「爲了彩虹，強忍愁雨」、「把天空留給雲和鳥」、「風箏斷了，才擁有天空」、「粉筆愈寫愈短」），次爲內心情思（「爲了重逢，強忍分離」、「把心事留給自己」、「感情斷了，才擁有惘然」、「您的愛愈綿愈長」）。其實就比喻而言，情景對的兩句之間即形成略喻的關係。至於：

15. 於是，浩淼的洞庭湖，一下子成了文人騷客胸襟的替身。人們對著它，想人生，思榮辱，知使命，遊歷一次，便是一次修身養性。胸襟大了，洞庭湖小了。

——余秋雨《文化苦旅．洞庭一角》

16. 那是一個普普通通的門，兩片古舊的木板製成，比竹籬高出三分之一，在各處的竹籬上都可以看到這種門，平平凡凡。但，在分手的一刻，我卻舉不起跨越它的腳步——腳下的小小一步，心中的大大一步。妳幾乎是用推的，把我弄出了大門。

——林雙不《風吹著我·夜旅》

「胸襟大了，洞庭湖小了」（第十五例）、「腳下的小小一步，心中的大大一步」（第十六例），除內心與外景相對外，並兼大小對。而林雙不此語，殆出自「對我而言只是一小步，對人類而言這是一大步」（尼爾·阿姆斯壯登陸月球時的名句）。

六·見聞對

見聞是流連萬象，沈吟視聽；一句寫視覺（「見」），一句寫聽覺（「聞」）。如：

1. 明月松間照，
清泉石上流。

——王維〈山居秋暝〉

2. 五更鼓角聲悲壯，
三峽星河影動搖。

——杜甫〈閣夜〉

3. 雲容水態還堪賞，

嘯志歌懷亦自如。 ——杜牧〈齊安郡晚秋〉

4.影搖千尺龍蛇動，
聲撼半天風雨寒。 ——石延年〈古松〉

5.坐感歲時歌慷慨，
起看天地色淒涼。 ——王安石〈葛溪驛〉

6.稍聞決決流水谷，
盡放青春沒燒痕。 ——蘇軾〈正月二十日，往岐亭，郡人潘、古、郭三人送余於女王城東禪莊院〉

7.禽聲犯寒食，
江色帶新年。

8.雲深不見千巖秀，
水漲初聞萬壑流。 ——唐庚〈春歸〉

9.放開眼界，看朝日才上，夜月正圓，山雨欲來，淡風初起。洗淨耳根，聽林鳥爭鳴，寺鐘響遠，漁歌遠唱，牛笛橫吹。

——呂本中〈柳州開元寺夏雨〉

——龔正謙題熙春山的對聯

10.風來疎竹，風過而竹不留聲；雁度寒潭，雁去而潭不留影。

——洪自誠《菜根譚》

第一例先見後聞（亦一靜一動），第二例先聞後見（「五更鼓角」與「三峽星河」並時空對），第三、四例先見後聞（「千尺」、「半天」形成大小對），第五、六、七例先聞後見，八、九兩例先見後聞，第十例先聞後見，並借喻內心的清明境界。現代作品如：

11.這一千多公頃的綠色處女地，文明的黑腳印不許魯莽踐踏的生態保護區，倖存於煙囪、挖土機、擴音器之外，爲走投無路的牧神保留一隅最後的故鄉，讓飛者飛，爬者爬，游者從容自在地搖鱗擺尾，讓窒息的肺葉深深呼吸，受傷的耳朵被慰於寧靜，刺痛的眼睛被撫於翠青。

12. 絡繹不絕的歸人啊，你們何所聞而去，何所見而來。摩肩接踵的過客啊，你們聞所聞而來，見所見而去。

——余光中《隔水呼渡．隔水呼渡》

13. 人們爭著開合自己臉上的那唯一的一條縫，用各種不同的語言爭辯自己的信仰，但是他們沒有眼睛看別人，更沒有耳朵聽別人。

——王鼎鈞《左心房漩渦．看大》

——楊明《我把憂傷藏在口袋裡．沒有五官的玩偶》

14. 人們對他比較常用的稱呼是石濤、大滌子、苦瓜和尚等。他雖與朱耷很要好，心理狀態卻有很大不同，精神痛苦沒有朱耷那麼深，很重要的一個原因是他與更廣闊的自然有了深入接觸，悲劇意識有所泛化。但是，當這種悲劇意識泛化到他的山水筆墨中時，一種更具有普遍意義的美學風格也就蔚成氣候。沈鬱蒼茫，奇險奔放，滿眼躁動，滿耳流蕩，這就使他與朱耷等人一起與當時一度成爲正統的「四王」（即王時敏、王鑒、王翬、王原祁）潮流形成鮮明對照，構成了很強大的時代性衝撞。

——余秋雨《文化苦旅．青雲譜隨想》

余光中「受傷的耳朵被慰於寧靜，刺痛的眼睛被撫於翠青」、王鼎鈞「聞所聞而來，見所見而去」（典出《世說新語》鍾會語）、楊明「沒有眼睛看別人，更沒有耳朵聽別人」、余秋雨「滿眼躁動，滿耳流蕩」，均呈現視聽的感官經驗。然見聞自有其蒙蔽，故前賢多有「所信者目也，而目猶不可信；所恃者心也，而心猶不足恃」（《呂氏春秋・任數篇》）、「經目之事，猶恐未眞；背後之言，豈能全信？」（《水滸傳・第二十五回》）、「眼見之事，猶然假；耳聽之言，未必眞」（《濟公傳・第三十九回》）諸語。另佛家亦提出「若以色見我，以音聲求我，是人行邪道，不能見如來」（《金剛經・佛告須菩提》），此仍不得不辨。

七・今昔對

一句寫現在，一句寫過去，如：

1. 昔我往矣，楊柳依依；
   今我來思，雨雪霏霏。
   ——《詩經・黍離》
2. 古之學者爲己，今之學者爲人
   ——《論語・憲問》
3. 古之君子，其責己也重以周，其待人也輕以約；……今之君子則不然，其責人也詳，其待己也廉。

——韓愈〈原毀〉

4. 棄我去者，昨日之日不可留，
亂我心者，今日之日多煩憂。

——李白〈宣州謝朓樓餞別校書叔雲〉

5. 昔日芙蓉花，
今成斷根草。
以色事他人，
能得幾時好？

——李白〈妾薄命〉

6. 昔日戲言身後事，
今朝都到眼前來。

——元稹〈遣悲懷〉

7. 此日六軍同駐馬，
當時七夕笑牽牛。

——李商隱〈馬嵬二首〉

8.人事自生今日態，
寒花只作去年香。

——陳師道〈次韻李節推九日登高〉

9.百歲光陰似水流，一生事業等浮漚；
昨朝面上桃花色，今日頭邊雪片浮。

——吳承恩《西遊記·第十一回》

前六例均先昔後今（第二例、第三例兼人我對），七、八例均先今後昔，逼出時間推移的哀感。至於第九例「昨朝面上桃花色，今日頭邊雪片浮」在今昔對之餘，兼時間上的壓縮，形成強烈對比。現代作品如：

10.此外，有些中國人的境況是「輝煌的過去，黯淡的現在」，怕見自己的同胞，寧可觸目盡是洋人，以便重新開始。

——王鼎鈞《看不透的城市·那年冬天》

11.可嘆的是地下車，昔日之光榮，今日之累贅，拆造太費事，將就將就吧，也算是個紐約的特色。

12. 美國是新大陸，突然的崛起，一股勁兒的上昇，全世界大驚小怪了。新大陸的地是靈的，靈地引來了別地的人傑，是別地來的人傑加上本地產的人傑，把新大陸越弄越靈了。古代大概是地靈然後人傑，現代大概是人傑然後地靈。美國就是如此發旺奔騰起來了。

——木心《散文一集・試問美國人》

13. 好，古聖先賢創設神話，今聖後賢修正神話，我們只有拆開那個森嚴的故事結構，容納新的傳奇。

——木心《散文一集・試問美國人》

14. 我們現在走的這廣場不過是走在一片紅磚砌成的空地而已。沒有噴泉，噴響著現在，沒有雕像，靜默著過去。

——王鼎鈞《左心房漩渦・腳印》

15. 以前的人常因「不敢要」，而忘了「可以要」。現代的人常「要這要那」，而忘了「可以不要」

——許達然《土・廣場》

16. 哦，贈我仙人的金髮梳

——張春榮〈碎玉篇〉

黃金的梳柄像牙齒
梳去今朝的灰髮鬢
梳來往日的黑髮絲

——余光中《隔水觀音・兩相惜》

均爲今昔時空情境的對照、思索。第十二例「古代大概是地靈然後人傑，現代大概是人傑然後地靈」則兼回文關係。至如：

17.有個美國友人來信說：「孩子小時踩在你腳尖上，長大了踩在你心尖上。」原來這種感傷，中外都是一樣。

——琦君《桂花雨・媽媽，給你快樂》

「小時踩在你腳尖上，長大了踩在你心尖上」除今昔對（「小時」、「長大」）外，「腳尖」、「心尖」並成情景關係。

參．當句對

當句對是「一句中自成對偶」（洪邁《容齋隨筆》），以「冷」、「熱」相對爲例：

1. 苦惱世上，度不盡許多癡迷漢；人對之腸熱，我對之心冷。
——陸紹珩《醉古堂劍掃》

2. 處世當於熱地思冷，出世當於冷地求熱。
——陸紹珩《醉古堂劍掃》

3. 從冷視熱，然後知熱處之奔馳無益。從冗入閒，然後覺閒中之滋味最長。
——陸紹珩《醉古堂劍掃》

4. 熱鬧中著一冷眼，便省許多苦心思；冷落處存一熱心，便得許多眞趣味。
——洪自誠《菜根譚》

第一例「人對之腸熱，我對之心冷」爲人我對，後三例則爲當句對，句中藉由補詞（「於熱地」、「於冷地」，「從冷」，「熱鬧中」、「冷落處」），形成相對（「思冷」、「求熱」，「視熱」，「著一冷眼」、「存一熱心」）。以余光中作品爲例：

5. 在異國，冷眼看熱花，看熱得可以蒸雲煮霧的桃花哪桃花。

——《逍遙遊．四月，在古戰場》

6. 忽然發一聲喊：「黃金，黃金，黃金！」便召來洶湧的淘金潮，喊熱了荒冷的西部。

——《焚鶴人．丹佛城》

7. 夜的吐露港無言而有情。兩岸的燈火隔水相望，水銀的珠串裡還串著散粒的瑪瑙，暖人冷目。

——《記憶像鐵軌一樣長．吐露港上》

8. 囂鬧的海市上俯聽潮聲
聽潮起潮落，人來人往
聽鐵輪遠去，告別熱過的冷軌
不再喧擴音器，揮綠旗和紅旗
霞光裡，紅磚的鐘樓仰著孤高

9. 一連三夜，他從惡魔中叫醒了自己
熱夢裡叫出一床冷汗
他口乾，他是一尾失聲的魚
呼聲斷在夜的深處

——《與永恆拔河・老火車站鐘樓下》

其中「冷眼看熱花」（第五例）、「喊熱了荒冷的西部」（第六例）、「暖人冷目」（第七例）、「熱過的冷軌」（第八例）、「熱夢裡叫出一床冷汗」（第九例），則均爲句中「冷」、「熱」相對，執此以觀，如：

——《白玉苦瓜・看手相的老人》

1. 所謂烏雲，難道不就只是：太多的白雲？

——黑野《靜思手札・靜室手記》

2. 燈火通明的背後是黑暗大地。

——艾笛〈十句話〉

3. 偉大人物也有平凡人的追求。

4. 所謂的新道德通常都是一些被放寬的舊道德。

——泰山午后茶的廣告

——修克勞斯爵士

無疑將使句子更靈活，寓意更深刻。

一・以二分相對而言

中西作品中：

1. 你可別當眞
我玩的全是假的
我的誠實就建立在一點也不誠實上

2. 而撞擊是必要的吧
不平凡是平凡的毀滅
還是釋放？

——大荒〈魔術師〉

3. 你們要找的無非是黃金屋
你們要求的無非是顏如玉
這些都存在於
不存在之中

——白靈《沒有一朵雲需要國界·雷射》

4. 行年漸長，許多要計較的事都不計較了，許多渴望的夢境也不再使人顛倒。

——洛夫《月光房子·書蠹之間》

——張曉風《再生緣·情懷》

5. 詩是透過理性文字來表達非理性的神秘。

——伏萊德密爾·納不可夫

藉由「誠實」、「不誠實」（第一例），「不平凡」、「平凡」（第二例），「存在」、「不存在」（第三例），「計較」、「不計較」（第四例），「理性」、「非理性」（第五例），以二分形式當句相對，呈現情境互動變化之理。

二・以「有無」相對而言

古典詩中：

1. 五月天山雪，
無花祇有寒。
——李白〈塞下曲六首〉

2. 無情有恨何人見，
露壓煙啼千萬枝。
——李賀〈昌谷北園新筍四首〉

3. 衣帶無情有寬窄，
春煙自碧秋霜白。
——李商隱〈燕臺四首〉

其中「無花祇有寒」（第一例）、「無情有恨」（第二例）、「衣帶無情有寬窄」（第三例）均為有無當句對。現代作品如：

4. 人世不斷衍生悲歡故事；歡樂的末節帶了鉤，鉤起悲傷的首章；而悲傷又成爲另一篇歡樂故事的楔子。有了這些，使大雨中的人們懂得安分守己，與所繫念的人更接近，共同品嘗一桌佳餚，舉杯祈求今歲平安；也藉著一碗蔘湯，把無怨無悔的細心和盤托出。人的有情必須放在無情的滄桑之中，才看出晶亮。

——簡媜《空靈．棲在窗臺的白鷺》

5. 能不即不離，食人間煙火猶有一份關愛人間的心懷，而又不滯於人間種種，寓無情於有情，有這份大自持力，若非得道之人，誰可當之！

——莊因《紅塵一夢．霧裡陽春》

所謂「人的有情必須放在無情的滄桑之中，才看出晶亮」（第四例）、「寓無情於有情」（第五例）則爲當句有無相對。

三．以「人我」相對而言

1. 數聲風笛離亭晚，

君向瀟湘我向秦。

——鄭谷〈淮上與友人別〉

2. 我只是個戲子
永遠在別人的故事裡
流著自己的淚

——席慕容《七里香·戲子》

3. 若肯截人之長補己之短，最好不過，但如以己之長攻人之短，甚至以己之短攻人之長（張默先生所說「以自己板擦抹別人黑板」），則似乎大可不必。

——白靈《給夢一把梯子·詩與障礙賽》

4. 當多數人都以周圍的冷漠來作爲自己冷漠的藉口時，這些人的努力要使我們慚愧地承認，我們其實沒有什麼藉口可用。

——黃碧端《沒有了英雄·月亮的小孩》

5. 我們能由別人的悲苦中見到自己的幸福，也能以別人的幸福，來昇華自己的悲苦。

——劉墉《衝破人生的冰河·九點鐘的電話》

所謂「君向瀟湘我向秦」、「在別人的故事裡／流著自己的淚」，均爲人我當句對（第二例「在別人的故事裡」是補詞）。而「以自己板擦抹別人黑板」（第三例）、「以周圍的冷漠來作爲自己冷漠的藉口」（第四例）、「由別人的悲苦中見到自己的幸福」（第五例），均爲結合憑藉補詞之當句對，和「借他人杯酒澆胸中塊磊」句法相同。

四・以「大小」相對而言

古典詩如：

1. 三分割據紆籌策，
萬古雲霄一羽毛。
——杜甫〈詠懷古跡五首〉

2. 唯有王城最堪隱，
萬人如海一身藏。
——蘇軾〈病中聞子由得告不赴商州〉

3. 一身報國有萬死，
雙鬢向人無再青。
——陸游〈夜泊水村〉

4. 一病餘孤枕，

千山送獨行。

——吳梅村〈座主李大虛師從燕都間道北歸尋以南昌兵變避亂廣陵賦呈〉

其中「萬古雲霄」、「一羽毛」（第一例），「萬人」、「一身」（第二例），「一身」、「萬死」（第三例），「千山」、「獨行」（第四例），均爲當句大小對。現代作品如：

5. 別讓那命運的巨鷹攫我翼下的小鷄！因爲那有限的翅羽就是再伸張也還是有掩蔽不住的時候的。

——黑野〈一心誠敬慶讚中元〉

6. 在無聲的廣場
矗立像一支
蒼涼告急的笳管
黑色的身影巨大
黑色的身影巨大
卻盈滿侏儒的悲哀

所謂「命運的巨鷹」、「翼下的小芻」（第五例），「黑色的身影巨大」、「侏儒的悲哀」（第六例），自成當句大小對。至如：

——陳義芝《不能遺忘的遠方・我思索我焦慮》

7. 有一位作家曾經說過：「我看重那些比大事更重要的小事，這是我的優點，因爲小事構成了生活……。」一般人總是喜歡故做老辣，他們眼中只有「大事」，容不下「小事」，他們紛紛攘攘，終日爲堂皇的大事忙個不停，如果像珍・奧斯婷筆下的人物，這些人物認爲下場雪也是大事，他們聽了一定目瞪口呆；「下場雪這樣芝麻雨點般的小事，怎麼算得上大事？」

——呂大明《來我家喝杯茶・大事與小事》

則提出「比大事更重要的小事」，強調「小事」因與自己生命相契而顯現其獨特的意義。

五・以「時空」相對而言

1.晚鐘
是遊客下山的小路

——洛夫《魔歌．金龍禪寺》

2.而這個臺灣地理課本上還寫著中國第一大省的新疆，已經成了四十年後眼前的「維吾爾自治區」。難怪不少人調侃我們的「地理」課本其實是「歷史」課本。

——畦滿平《相遇自是有緣．火洲與冰城》

3.相傳時間老耋後便化成空間
化成黑色的空間，覆在這荒城

——余光中《在冷戰的年代．月蝕夜》

4.四周景物又重新流動起來，閃爍激奔的水珠，帶著特有的流質的聲響，好像在不停行動，卻又好像毫無進展，沒有改變的空間卻已流盡了時間。

——曾麗華《流過的季節．午餐時間》

第一例「晚鐘」是時間，「遊客下山的小路」是空間，適成上下時空對（判斷句）。第二例「地理」是空間，「歷史」是時間，地理變成歷史是政治的荒謬。第三例「時間老耋後便化成空間」、第四例「沒有改變的空間卻已流盡了時間」則均為當句時空變化。

六・以「情景」相對而言

1. 念蘭堂紅燭，
心長焰短，
向人垂淚。
——晏殊〈撼庭秋〉

2. 人悶還心悶，
苦辛長苦辛。
——李白〈江夏贈南陵冰〉

3. 春心莫共花爭發，
一寸相思一寸灰。
——李商隱〈無題四首〉

所謂「心長」、「焰短」（第一例），「人悶」、「心悶」（第二例），「一寸相思」、「一寸灰」（第三例）均爲情景之當句對。現代作品如：

4.你問，淡水河到底有多長？
河有多長，彷彿就牽動著感情有多長，河有多長，似乎也注定夢想有多長？
——劉還月〈你問，淡水河有多長？〉

其中「河有多長」分別與「感情有多長」、「夢想有多長」當句相對。

七·以「見聞」相對而言

1.讀晚報的眼睛
曾是一些呼口號的嘴
——洛夫《魔歌·致詩人金斯堡》

2.而嘯聲
已是昨日的白山黑水
——洛夫《魔歌·嘯》

「讀晚報的眼睛」是視覺，「呼口號的嘴」是聽覺；「嘯聲」爲聽覺，「白山黑水」爲視覺，適成當句見聞對。

八·以「今昔」相對而言

1. 面上今日老昨日，心中醉時勝醒時。

——白居易〈勸酒〉

2. 因爲，我們追求重複。今天重複昨天，明天重複今天。如此，我們感覺生命穩定而且踏實。重複幫助我們以過去定義未來。

——張讓《當風吹過想像的平原·要天地長在——外二章》

3. 這種沒有包袱的都會生活，固然衝得更猛，卻無形之間，使每日的生活變得零碎、切割。今日不負擔昨日留下的餘韻，明日也不儲存今日的記憶。

——簡媜《夢遊書·榕樹的早晨》

4. 沒有一朵蓮花，能否定污泥。沒有一個今天的果實，能否定昨天的種子。

——劉墉《衝破人生的冰河・「今是」裡有「昨非」》

5. 我們到最昂貴的酒樓設宴，擺出一副快樂的姿勢，我們通宵達旦的參加派對，用今夜的狂歡，來抗拒昨天的疲憊，無聊的人，無聊的派對，找尋興趣的人，與沒有興趣的人在派對裡互相抵消，互不相欠。

——袁則難《不枉此生・香港地形學》

其中「面上今日老昨日」（第一例）、「今天重複昨天」（第二例）、「今日不負擔昨日留下的餘韻」（第三例）、「沒有一個今天的果實，能否定昨天的種子」（第四例），均爲主詞、受詞間自成今昔對。第五例「用今夜的狂歡，來抗拒昨天的疲憊」，則爲補詞、受詞間自成今昔對。

無可置疑，由當句對再形成對偶，更能呈現精工與靈動之美。如：

1. 曾子曰：「以能問於不能，以多問於寡；有若無，實若虛；犯而不校。昔者吾友嘗從事於斯矣。」

——《論語・泰伯》

2. 變白以爲黑兮，倒上以爲下；鳳凰在笯兮，雞鶩翔舞。

——屈原《九章・懷沙》

第一例「以能問於不能，以多問於寡」上句爲二分，下句爲相對；第二例「變白以爲黑兮，倒上以爲下」上句爲顏色對，下句爲方位對。

3. 我在悲傷裡抽絲剝繭，紡織快樂；她將快樂的錦衣剪裁，分給悲傷的人。榮華或清苦，都像第一遍茶，切記倒掉。

——簡媜《下午茶・女侍》

4. 很少看見壁虎在地面上爬，她想。也許人的牆是牠的地，而人的地是牠的牆。就像別人的快樂是她的悲哀，而她的快樂卻是別人的悲哀。

——鍾曉陽《燃燒之後・未亡人》

5. 面對山川靜美，花木含秀，不再大驚大喜，無端哭泣，心上自然形成一層保護膜，不再多情給無情的人，不再感受以前所暈眩感受的；溫溫涼涼，冷冷淡淡，不再在失望的角隅尋找希望，不再在陰影的荒地尋求溫暖；成爲人間礦物，視一切意外不值得意外，萬事經眼不經心。

——張春榮《青鳥蓮花・軟硬》

三、四兩例分別為「悲哀」、「快樂」當句相對，兩句間並兼回文關係。第五例「不再在失望的角隅尋找希望，不再在陰影的荒地尋求溫暖」，分別上句「失望」、「希望」，下句「陰影」、「溫暖」相對。至如：

6. 計人之所知，不若其所不知；其生之時，不若未生之時。

——《莊子．秋水》

7. 孔子聞之曰：「此言也，信矣！善進，則不善無由入矣；不善進，則善無由入矣。」

——《晏子春秋．內篇．問上》

8. 貌有醜而可觀者，有雖不醜而不足觀者；文有不通而可愛者，有雖通而極可厭者；此未易與淺人道也。

——張潮《幽夢影》

第六例「計人之所知，不若其所不知」為當句（複句）二分，與「其生之時，不若未生之時」形成對句。第七例「善進，則不善無由入矣」當句（複句）二分，與「不善進，則善無由入矣」相對，兼回文關係。第八例「貌有醜而可觀者，有雖不醜而不足觀者」當句（複句）二分，與「文有不通而可愛者，有雖通而極可厭者」相對。

9.夫以無識之物，鬱然有采；有心之器，其無文歟？

——劉勰《文心雕龍．原道》

10.快樂要自己有心去尋，在無味中尋出有味，無情中尋出有情。

——黃永武《愛廬小品．退休者的春天》

11.上海人的眼界遠遠超過闖勁，適應力遠遠超過開創力。有大家風度，卻沒有大將風範。有鳥瞰世界的視野，卻沒有縱橫世界的氣概。

——余秋雨《文化苦旅．上海人》

第九例「無識之物，鬱然有采」當句有無對，與「有心之器，其無文歟」形成對句（反對）。第十例「在無味中尋出有味」為當句（敘事句）有無相對，與「無情中尋出有情」形成對句（正對）❹。第十一例「有大家風度，卻沒有大將風範」為當句（複句）有無對，與「有鳥瞰世界的視野，卻沒有縱橫世界的氣概」形成對句。

12.有人跑了千萬個地方去看一個相同的太陽。有人住在一個地方，看到了千萬個太陽。

——黑野《靜思手札．微笑》

13. 不可以一朝風月，昧卻萬古長空；不可以萬古長空，不明一朝風月。

——南宋，善能禪師

14. 刻削之道，鼻莫如大，目莫如小。鼻大可小，小不可大也；目小可大，大不可小也。

——《韓非子・說林下》

均爲當句大小對❺。十三、十三兩例並分別前後形成回文。第十四例「鼻大可小，小不可大也」、「目小可大，大不可小也」則分別當句（複句）大小對，兼頂眞、回文關係；再形成對偶，上下句（「大」」、「小」）互爲回文。至如：

15. To see a world in a grain of sand
And a heaven in a wild flower
從一粒砂中可以看到整個世界
從一朵野花可以看到天堂

——威廉・布雷克〈無邪之預示〉

其中「砂」與「世界」、「花」與「天堂」分別爲當句空間上的大小對，並形成對偶。

肆

就形式設計觀之：

第一，對偶最具精切工麗之美。以對聯爲例：

1. 開口常笑，笑古笑今，萬事付諸一笑；
有肚乃容，容天容地，於人何所不容。
——笑彌勒的對聯

2. 難過年，年難過，年年難過年年過。
怕死人，人怕死，人人怕死人人死。
——上聯呂芯籌，下聯陳布雷

3. 勤勤勤勤，不勤難爲人上人；
苦苦苦苦，不苦如何通今古。
——曹端

其中無不兼用重出、回文、疊字、頂眞技巧；然而運用在寫作上，則以豐富文采，增贍內涵爲主（不必像對聯般嚴謹精巧），自然兼用其他辭格：

1. 人生的一切都會在風裡悄悄的飛逝去，什麼痕跡也不會留下來。今天你踩著水濛濛的晨霧行來，明天你也許就踏著蒼茫茫的暮色行去了。

——方杞《覷紅塵·從明天起》

2. 倒是不種草的草地，綠得很迅速，尤其是在陽光照射下，草色青青，香氣薰人，看一眼眼色便要成碧，一觸手手心便要成綠。

——周芬伶《花房之歌·種草記》

3. 佛陀就說：向前的人生是半個世界，退後的人生也是半個世界；能同時把握這兩種世界，人生才會圓滿。該前進的時候前進，該後退的時候後退，好比人適時適地的使用左右手，做事必然順遂自如。

——宋雅姿《坐看雲起時·何等清閒》

4. 笑，未必是對藝術最深刻的反應，但這種反應最爲自然，最做不得假。要把幾百個頗有見識的觀眾逗得失聲發笑，哄堂大笑，而又笑聲不斷，絕非易事。臺上妙語如珠，臺下笑聲成潮，這時你會覺得：這齣戲是臺下和臺上合作演成的。

——余光中《憑一張地圖·一笑人間萬事》

5. 一世紀後，巴黎的天空，塞納河上的波光，雲影，樹色，仍像莫內筆下的情韻。寂寞長巷，行人寥落，只有清瘦的路燈，守著遠方的排窗與屋頂，煙囪上密密的亮起通風管，守著陰陰的天色。

——余光中《從徐霞客到梵谷·巴黎看畫記》

可以疊字相對（第一例「水濛濛」、「蒼茫茫」），頂眞相對（第二例「看一眼眼色便要成碧，一觸手手心便要成綠」），可以重出相對（第三例「該前進的時候前進，該後退的時候後退」），可以比喻相對（「第四例「臺上妙語如珠」是明喻，「臺下笑聲成潮」是暗喻），可以擬人相對（第五例「路燈，守著遠方的排窗與屋頂」、「通風管，守著陰陰的天色」）。

第二，連用對句，宜求句型變化。如：

1. 這時心裡哀也不是，樂也不是，只是在冷清裡想一種溫柔，在現實裡想一陣茫然。這天晚上取消晚點名，不吹熄燈號，任憑每個人坐在自己的地球上，望自己的明月，浪漫個夠。

——王鼎鈞《山裡山外·號聖的傳人》

2.多少風雨夜驚夢醒來，坐聽一片寂寞潮湧、淒涼風起…呵，鳶高飛魚潛躍，鳥獸都有枝可棲有巖可藏，爲什麼我們的心靈飄泊無依？花含笑石解語，草卉都有夜露滋潤甘霖沐澤，爲什麼我們的生命黯淡無光？呵呵，這世上誰能教我們長虹的快樂？誰能授我們碧血的清明？何處尋找雲天的從容？何處覓得風濤的依皈？呵呵呵——

——方杞《痴情人．美麗與孤絕》

第一例中「哀也不是，樂也不是」是倒裝句，「在冷清裡想一種溫柔，在現實裡想一陣茫然」是結合補詞，「坐在自己的地球上，望自己的明月」是敍事句。第二例中「寂寞潮湧、淒涼風起」爲表態句，「鳶高飛魚潛躍，鳥獸都有枝可棲有巖可藏，爲什麼我們的心靈飄泊無依」一組三句和底下「花含笑石解語，草卉都有夜露滋潤甘霖沐澤，爲什麼我們的生命黯淡無光」構成兩組六句對，而後再連續以「誰能教我們長虹的快樂？誰能授我們碧血的清明」、「何處尋找雲天的從容？何處覓得風濤的依皈」激問的對句，搖蕩文思；句法嚴整醞采，極具變化工整之美，可見作者藝術經營的功夫。

第三，對偶觀念，可以擴充成結構上的安排設計。如：

1.老是把自己當珍珠

就時時有怕被埋沒的痛苦

把自己當作泥土吧
讓眾人把你踩成一條道路

——魯黎〈泥土〉

2. 中午
全世界的人都在剔牙
以潔白的牙籤
安詳地在
剔他們
潔白的牙齒

依索匹亞的一群兀鷹
從一堆屍體中
飛起
排排蹲在

疏朗的枯樹上
也在剔牙
以一根根瘦小的
肋骨

——洛夫《因爲風的緣故·剔牙》

第一例兩段爲「珍珠」與「泥土」之對比，逗出人我對待中豐富生命的省思。第二例兩段爲「人」與「兀鷹」、「牙籤」與「肋骨」的對比，呈現一生一死鮮明的畫面，相當令人震撼。至於：

3\. 去年元夜時，花市燈如晝。月上柳梢頭，人約黃昏後。
今年元夜時，月與燈依舊。不見去年人，淚溼春衫袖。

——歐陽修〈生查子〉

4\. （當年）一切都是極品，還嫌不夠好；
他的細選精挑，永遠沒完了。
（如今）躺在地下，規規矩矩柏棺中，

款待那至爲考究的蛆蟲。

——桃樂西．派克〈極有錢的人〉，彭鏡禧、夏燕生譯

第三例上、下闋爲今昔對比，是今非昔比的感傷；第四例前兩行與後兩行亦今昔對比，構成情境逆轉的嘲弄，直指人的愚昧可笑。若：

5. 他們說　在水中放進
一塊小小的明礬
就能沉澱出　所有的
渣滓

那麼　如果
如果在我們的心中放進
一首詩
是不是　也可以
沉澱出所有的　昨日

——席慕蓉《無怨的青春・試驗之一》

第一段具體寫景（「水中」、「明礬」、「渣滓」），第二段抽象寫情（「心中」、「詩」、「昨日」），由景入情，形成變化。凡此，則為對偶觀念結構上的運用，值得斟酌、活用。

注釋

❶陳悠佑於「對偶」有適切的定義：「語文中凡是用字數相等，文法相同或相似的兩個短語、句子、句群或章節，成雙作對排列成的，稱為對偶。」（《新詩形式設計的美學・第二章　對偶》）

❷劉勰《文心雕龍・麗辭》云：「反對為優，正對為劣。」「反對者，理殊趣合者也；正對者，事異義同者也。」「幽顯同志，反對所以為優也；並貴共心，正對所以為劣也。」

❸張夢機《近體詩發凡》論屬對之用，計對比分「剛柔」、「晦明」、「人我」、「鉅細」、「動靜」，虛實分「情景」、「遮表」、「今昔」、「時空」。今參其分類，不敢掠美，特此誌之。

❹以有無對為例，如「蓋有南威之容，乃可以論於淑媛；有龍淵之利，乃可以議於斷」（曹植〈與楊德祖書〉）、「草無忘憂之意，花無長樂之心」（庾信〈小園賦〉），均為正對；如「前有利獸之樂，而內無存變之意」（司馬相如〈上書諫獵〉）則為反對。

❺對句大小對，亦可形成排比。如「心一鬆散，萬事不可收拾；心一疏忽，萬事不可入耳目；心一執著，萬事不得自然」（呂坤《呻吟語》）。

天知，神知，我知，子知

——談排比

壹

排比是以最少三組相似句法（如短語、子句、簡句、繁句、複句）接連開展，淋漓盡致地表達物象多樣化的性質；並藉此規律形式反覆陳述，造成強勁的論辯氣勢。以《後漢書．楊震列傳》爲例：

故所舉荊州茂才王密爲邑昌令，謁見，至夜懷金十斤以遺震。

震曰：「故人知君，君不知故人何也？」

密曰：「暮夜無知者。」

震曰：「天知，神知，我知，子知，何謂無知！」密愧而出。

其中楊震拒絕王密，所說的「天知，神知，我知，子知」，正是以排比陳述，令人印象深刻。而後元雜劇「天知，地知，你知，我知」（揚文奎《兒女團圓》），即與此句法相似。

至於運用排比之效果，可自以下兩段文字比較得之：

1. 故天將降大任於是人也，必先苦其心志，勞其筋骨，餓其體膚，空乏其身，行拂亂其所為，所以動心忍性，增益其所不能。

——《孟子．告子下》

2. 惟夫計窮慮迫，困衡之極，有志者往往淬礪磨鍊，琢為美器。何者？心機震撼之後，靈機逼極而通，而知慧生焉。

——袁中道〈陳無異寄生篇序〉

兩段文字均強調種種挫折困頓，適足以激發一個人心智的潛力。唯孟子以「苦其心志，勞其筋骨，餓其體膚，空乏其身，行拂亂其所為」排比（前三句整齊，第四句「空乏其身」、第五句「行拂亂其所為」稍加變化）敘述，語意明顯，論辯語氣極強。反觀明朝袁中道則以單句展開，

「惟夫計窮慮迫，困衡之極，有志者往往淬礪磨鍊，琢爲美器」先說明一個人成就的法則，「心機震撼之後，靈機逼極而通，而知慧生焉」並指出其中微妙的道理，行文可謂婉轉曲折，搖曳生姿。而透過以上對照，可見排比修辭，語調規律反覆，易於形成鏗鏘有力的文字風格。

貳．段落中的排比

歷來在段落中運用排比，大抵承上脈絡，平行開展，用以豐富文思；或轉折變化，翻疊跌宕；或於運用排比後，歸納總結，下一論斷。以承上爲例：

1. 維天之於時也亦然，擇其善鳴者而假之鳴；是故以鳥鳴春，以雷鳴夏，以蟲鳴秋，以風鳴冬？……

——韓愈〈送孟東野序〉

2. 凡君子行己立身，自有法度，聖賢事業，具在方册，可效可師；仰不愧天，俯不愧人，內不愧心，……

——韓愈〈與孟尚書書〉

3. 予自錢塘移守膠西，釋舟楫之安，而服車馬之勞；去雕牆之美，而庇采椽之居；背湖山之觀，而適桑麻之野。

——蘇軾〈超然臺記〉

第一例「以鳥鳴春，以雷鳴夏，以蟲鳴秋，以風鳴冬」承上文「天之於時」平行展開，第二例「仰不愧天，俯不愧人，內不愧心」則承接上文的「君子」、「聖賢」，加以引申。第三例「釋舟楫之安，而服車馬之勞；去雕牆之美，而庇采椽之居；背湖山之觀，而適桑麻之野」則爲複句排比，承上描寫「移守膠西」的情景。事實上承接排比之後，作者往往進而運用重出（類字或類句），形成更嚴謹的推論。如：

4. 夫物量無窮，時無止，分無常，終始無故。是故大知觀於遠近，故小而不寡，大而不多，知量無窮；證嚮今故，故遙而不悶，掇而不跂，知時無止；察乎盈虛，故得而不喜，失而不憂，知分之無常也；明乎坦塗，故生而不說，死而不禍，知終始之不可故也。

——《莊子．秋水》

5. 臣聞求木之長者，必固其根本；欲流之遠者，必浚其泉源；思國之安者，必積其德義。源不深，而豈望流之遠？根不固，而何求木之長？德不厚，而思國之治，雖在下愚，知其不可，而況於明哲乎？人君當神器之重，居域中之大，將崇極天之峻，永保無疆之休。不念於居安思危，戒奢以儉，德不處其厚，情不勝其欲；斯亦伐根以求木茂，塞源而欲流長者也。

——魏徵〈諫太宗十思疏〉

6. 就六經言，詩又首之。何者？聖人感人心而天下和平。感人心者，莫先乎情，莫始乎言，莫切乎聲，莫深乎義。詩者，根情、苗言、華聲、實義；上自聖賢，下至愚騃，微及豚魚，幽及鬼神，群分而氣同，形異而情一，未有聲入而不應，情交而不感者。

——白居易〈與元九書〉

第四例繼「量無窮」、「時無止」、「分無常」、「終始無故」之後，配合重出，進一步加以說明。第五例分別繼「固其根本」、「浚其泉源」、「積其德義」脈絡，重出「源」、「根」、「德」，並自反面提出激問。第六例分別繼「莫先乎情，莫始乎言，莫切乎聲，莫深乎義」脈絡，重出「情」、「言」、「聲」、「義」，再加詮釋。至於：

7. 若總其歸塗，則數窮八體。一曰典雅，二曰遠奧，三曰精約，四曰顯附，五曰繁縟，六曰壯麗，七曰新奇，八曰輕靡。典雅者，鎔式經誥，方軌儒門者也。遠奧者，複采曲文，經理玄宗者也。精約者，覈字省句，剖析毫釐者也。顯附者，辭直義暢，切理厭心者也。繁縟者，博喻醲采，煒燁枝派者也。壯麗者，高論宏裁，卓爍異采者也。新奇者，擯古競今，危側趣詭者也。輕靡者，浮文弱植，縹緲附俗者也。

——劉勰《文心雕龍·體性》

則以「典雅」、「遠奧」、「精約」、「顯附」、「繁縟」、「壯麗」、「新奇」、「輕靡」排比，並分別頂眞說明判斷，極其嚴謹工整。現代文學作品如：

8. 他將自己的生命畫爲三個時期：舊大陸，新大陸，和一個島嶼。他覺得自己同樣屬於這三種空間，不，三種時間，正如在思想上，他同樣同情鋼筆，毛筆，粉筆。舊大陸是他的母親。島嶼是他的妻。新大陸是他的情人，和情人約會是纏綿而醉人的，但是那件事註定了不會長久。

——余光中《望鄉的牧神·地圖》

9. 筆在手，畫在目，淚在兩岸臨風。風無聲，淚無聲，畫無聲，筆無聲。唯深圳河，響自受創的肺腑。

——張曉風《曉風散文集·不是遊記》

10. 現實儘管比不上戲劇刺激生動，也並不是眞的乏味。沒有玩具，但是有田，有樹，有騎樓。有田，便可以在田隴上走單槓，看風駛過稻浪，看蜻蜓疊羅漢，或者可以和男生在田邊泥地裡挖蚯蚓，在水田裡釣三斑。運氣好的時候不多，上釣的多是大肚魚。有時釣上來一條水蛇，有時不小心掉到田裡。有樹，便可以爬上去摘果子，摘花，可以捉蟬。竹竿尾沾上瀝青，伸上去，把那「知了——知了」叫個不停的笨東西黏下來，研究牠唱歌的東西。有騎樓，便可以在走廊上丟「ㄤㄚ仙」，甩紙牌，玩彈珠。再怎麼樣，一群孩子總可以玩捉迷藏、官兵捉強盜或辦家家酒。

——張讓《當風吹過想像的平原．從前》

第八例「舊大陸」、「新大陸」、「島嶼」並列，而後重出比喻，前後銜接。第九例先「筆在手，畫在目，淚在兩岸臨風」排比，繼而以「風」頂眞，重出「淚」、「畫」、「筆」，形成四句排比。而第十例則在「有田，有樹，有騎樓」排比後，分別藉之頂眞，加以開展，鋪陳其中種種細節。

除了承上銜接下，亦可轉折變化，跌宕文思。如：

1. 轍之來也，於山見終南嵩華之高，於水見黃河之大且深，於人見歐陽公，而猶以爲未見太尉也。故願得觀賢人之光耀，聞一言以自壯，然後可以盡天下之大觀而無憾者矣。

——蘇轍〈上樞密韓太尉書〉

藉「於山見終南嵩華之高，於水見黃河之大且深，於人見歐陽公」之宏偉深大，進而轉折變化，襯托太尉韓琦，反顯一己景仰之情。現代作品如：

2.如果你是隨情愛而來的憂愁，請你來，為我在後山尋塊有小樹和流水的草坡，把我埋在雨水淋淋的夏季。我在土裡可以參悟點寂靜的樂趣來，我可以回憶一點人世的美好和安寧。在土裡，啊，憂愁，你是知道的，我沒有風，沒有雨，我沒有沁涼的石椅，沒有淒切的樹聲，沒有吊橋，沒有松濤，但我也沒有怨恨啊！我會快樂得多。讓我去，你帶著我，像領著一個瞽者，踏著堅實的大地，把自己引向沒有仇意的荒草和野土中去。

——楊牧《葉珊散文集．自剖》

3.走得夠遠，便會到達。問一千個問題，不如就這樣出發。讓雷電撕裂天空，讓泥土埋葬死者，活的人，必須走下去。愚蠢可以忍受，失望可以忍受，毀滅可以忍受，不可忍受是自己取消自己。

——張讓《當風吹過想像的平原．離去的辯證》

4.人生中，即使是最得意的人們，有過英雄的叱咤，有過成功的殊榮，有過酒的醇香，有過色的甘美，而全像瞬時的燭光，搖曳在子夜的西風中，最終埋沒在無垠的黑暗裡。

——陳之藩《在春風裡．寂寞的畫廊》

第二例由景入情，由「我沒有風，沒有雨，我沒有沁涼的石椅，沒有淒切的樹聲，沒有吊橋，沒有松濤」三組排比翻出內心毫無糾葛的感受。第三例由肯定而否定，藉「愚蠢可以忍受，失望可以忍受，毀滅可以忍受」排比，翻出「不可忍受」的判斷，前後二分對比，語意鮮明強烈。第四例則藉由比喻（「全像瞬時的燭光」），將「有過英雄的叱咤，有過成功的殊榮，有過酒的醇香，有過色的甘美」加以收束轉折，開出無限的唏噓。

以收束爲例❶：

1.居天下之廣居，立天下之正位，行天下之大道；得志與民由之，不得志獨行其道；富貴不能淫，貧賤不能移，威武不能屈，此之謂大丈夫。

——《孟子．滕文公下》

2.是以將閱文情，先標六觀：一觀位體，二觀置辭，三觀通變，四觀奇正，五觀事義，六觀宮商，斯術既行，則優劣見矣。

——劉勰《文心雕龍・知音》

3.本之《書》以求其質，本之《詩》以求其恆，本之《禮》以求其宜，本之《春秋》以求其斷，本之《易》以求其動，此吾所以取道之原也。參之穀梁氏以厲其氣，參之孟荀以暢其支，參之莊老以肆其端，參之《國語》以博其趣，參之〈離騷〉以致其幽，參之太史以著其潔，此吾所以旁推交通而以爲之文也。

——柳宗元〈答韋中立論師道書〉

文內，孟子以「大丈夫」收上文兩組排比：「居天下之廣居，立天下之正位，行天下之大道」、「富貴不能淫，貧賤不能移，威武不能屈」；劉勰以「斯術既行，則優劣見矣」之複句，收束上文之「一觀位體，二觀置辭，三觀通變，四觀奇正，五觀事義，六觀宮商」；柳宗元則以「取道之原」收上文「書」、「詩」、「禮」、「春秋」、「易」五句排比，以「旁推交通而以爲之文」收上文「穀梁氏」、「孟荀」、「莊老」、「國語」、「離騷」、「太史」六句排比。當然，收束上文不一定是單句（奇句），也可先以對偶綰結❷：

4.夫尺有所短，寸有所長；物有所不足，智有所不明；數有所不逮，神有所不通。用君之心，行君之意，龜策誠不能知此事。

5. 故公之精誠，能開衡山之雲，而不能回憲宗之惑；能馴鱷魚之暴，而不能弭皇甫鎛李逢吉之謗；能信於南海之民，廟食百世，而不能使其身一日安於朝廷之上。蓋公之所能者，天也；其所不能者，人也。

——《楚辭．卜居》

6. 物忌全盛，事忌全美，人忌全名；是故天地有欠缺之體，聖賢無快足之心；而況瑣屑群氓，不安淺薄之分，而欲滿其難厭之慾，豈不妄哉？是以君子見益而思損，持滿而思溢，不敢恣無涯之望。

——蘇軾〈潮州韓文公廟碑〉

——呂坤《呻吟語．修身》

第四例以「用君之心，行君之意」敘事句之對偶，綰結上文排比；第五例以「蓋公之所能者，天也；其所不能者，人也」判斷句之對偶，綰結上文排比；第六例以「天地有欠缺之體，聖賢無快足之心」有無句之對偶，綰結上文排比。現代作品如：

7. 這種超常的熱鬧風光，強烈地反襯出那些落榜下第者的悲哀。照理落榜下第也十分正常，但是得意的馬蹄在身邊竄過，喧天的鼓樂在耳畔鳴響，得勝者的名字在街市間哄傳，輕視的目光在四周遊蕩，他們不得不低頭嘆息了。他們頹唐地回到旅舍，旅舍裏，昨天還客氣地拱手相向的鄰居成了新科進士，僕役正在興高采烈地打點行裝。

——余秋雨《山居筆記．十萬進士》

8.貧窮的知識壓住慾望的小腹
飢餓的眼光坐鎮童年的家中
僵化的思想縛住年輕的腳步
飛逝的時間是眼前這一頁的
主題

——陳義芝《不能遺忘的遠方．四十自述》第一小節

第七例即以「他們不得不低頭嘆息了」收束上文「得意的馬蹄在身邊竄過，喧天的鼓樂在耳畔鳴響，得勝者的名字在街市間哄傳，輕視的目光在四周遊蕩」情境，寫出落榜者的失意。第八例即以「飛逝的時間是眼前這一頁的／主題」判斷句，綰結前文敘事句之排比，點出立意之所在。

9.我還沒有戀愛，先已覺得失戀。還沒有經商，先已想像破產。還沒有病，先已自以爲沈痾難起。幸福似乎是庸俗的，受苦才有詩意和哲理。活著是卑微的，一旦死亡，就會使

許多人震驚、流淚，舉出美德來做榜樣表率，或者誇張死者未來的成就，痛惜天忌英才。

——王鼎鈞《碎琉璃．迷眼流金》

10.中國歷史充滿了悲劇，但中國人怕看眞正的悲劇。最終都有一個大團圓，以博得情緒的安慰，心理的滿足。唯有屈原不想大團圓，杜甫不想大團圓，曹雪芹不想大團圓，孔尚任不想大團圓，魯迅不想大團圓，白先勇不想大團圓。他們保存了廢墟，淨化了悲劇，於是也就出現了一種眞正深沈的文學。

——余秋雨《文化苦旅．廢墟》

第九例以「幸福似乎是庸俗的，受苦才有詩意和哲理」，綰結三組複句之排比，從具體事實歸納出內心領會。第十例則以「他們保存了廢墟，淨化了悲劇」收束「屈原不想大團圓，杜甫不想大團圓，曹雪芹不想大團圓，孔尚任不想大團圓，魯迅不想大團圓，白先勇不想大團圓」古往今來的寫作現象，提出共同文學的理則。

叁・統一與變化

基於統一與變化的原則，活用排比的要點有二：

第一、宜求句型變化，避免過於機械、單調。如：

1. 坦白的說，我本來很絕望，來年的蝴蝶怎能找到去年的花。我讀他們的信如讀敦煌殘卷，此心此情宜狂哭，宜痛飲，宜擂鼓，宜作雕刻。我要像婆娘一樣大哭，像守財奴一樣細數今昔，像得手的小偷一樣暗中安慰。

——王鼎鈞《左心房漩渦・人，不能眞正逃出故鄉》

2. 多少年前，第一次飛車去北濱海岸上張望花蓮市區的燈火，那時聽不見海濤的幽怨，看不到城裡的哀傷，少年的臂彎擁著鄉梓的星雲，離別的激動，和四海的洶湧。從港口的危崖上看沙灘外的漁火，心裡卻沒有關懷，只惦記著一個多風多夢的山頭，沒有海，沒有河流的山頭。在那小小的相思樹的山頭，我寫詩，讀莎士比亞，辯論，喝酒，爲三月的桃花林素描。坐死了許多青苔，看完了許多月落，聽完了許多鐘聲，……

——楊牧《葉珊散文集・八月的濃霜》

第一例中短句排比「宜狂哭，宜痛飲，宜擂鼓，宜作雕刻」與長句排比「像婆娘一樣大哭，像守財奴一樣細數今昔，像得手的小偷一樣暗中安慰」，前後相映，免於呆滯之弊。第二例中「鄉梓的星雲，離別的激動，和四海的洶湧」爲詞組並列，「坐死了許多青苔，看完了許多月落，聽完了許多鐘聲」爲敍事句排比，分別以不同句法前後運作。又如：

3. 樹的姿態各個不同。亭亭玉立者有之，矮墩墩的有之，有張牙舞爪者，有佝僂其背者，有戟劍森森者，有搖曳生姿者，各極其致。

——梁實秋《雅舍小品．樹》

4. 旋即，英雄悲壯的傲笑層層展開：通過女子解開髮辮所造成的風景。無邊落木蕭蕭下，飄泊不羈的河流交匯，滾轉成浩浩大江東逝。如巴松管沈穩的低音向天邊壓滾過去。如大提琴的奏鳴，廣闊、豐滿而充滿信心。在衆絃俱寂。在荒山之夜。在鑼鼓喧天瘋狂演奏。在大地飛沙走石雷霆霹靂巨響裡。號角和小號吹出生命嘹亮有力的主調，在現實風雨中反覆出現：蒼涼。頑強。恍惚間，他似乎聽到孔子的長嘆，在周遊列國。荊軻的變徵之音，在燕地易水上。陶潛撫素琴，在六朝田園。在初唐牢獄，駱賓王蟬聲低響。在長江畔，在京華，老杜雁斷西風。在晚唐長安，義山高蟬費聲。在清初，孔尚任放悲聲唱到老……無不以血淚唱出生命的酸楚。

——張春榮《鴿子飛來．節奏》

第三例中，先以對句「亭亭玉立者有之，矮墩墩的有之」，復以排比「有張牙舞爪者，有佝僂其背者，有戟劍森森者，有搖曳生姿者」細加描寫。若將原先對句改成「有亭亭玉立者，有矮墩墩者」，和以下四句排比連讀，整段文字將流於刻板，過於沈悶。同樣第四例，「孔子的長嘆，在周遊列國。荊軻的變徵之音，在燕地易水上。陶潛撫素琴，在六朝田園」三組排比，補詞在後；「在初唐牢獄，駱賓王蟬聲低響。在長江畔，在京華，老杜雁斷西風。在晚唐長安，義山高蟬費聲。在清初，孔尚任放悲聲唱到老」四組排比，補詞在前；前後不同，形成變化。

第二、運用排比，描繪刻畫，或整齊句式，變換動詞，以求行文豐贍富麗；或句式錯落，統一動詞，以求文思跳脫。前者如：

1.於是南嶽獻嘲，北隴騰笑，列壑爭譏，攢爭竦誚。慨遊子之我欺，悲無人以赴弔。故其林慚無盡，澗愧不歇。秋桂遣風，春蘿擺月。騁西山之逸議，馳東皋之素謁。

——孔稚圭〈北山移文〉

2.何謂附會？謂總文理，統首尾，定與奪，合涯際，彌綸一篇，使雜而不越者也。若築室之須基構，裁衣之待縫緝矣。

——劉勰《文心雕龍．附會》

第一例將山嶽丘壑擬人，於是「獻嘲」、「騰笑」、「爭譏」，變化動詞，極其渲染；第二例解釋附辭會義在於謀篇布局，裁章分段，其中「總文理，統首尾，定與奪，合涯際」均句式整齊，字不重複。現代作品如：

3. 白鳥在此岸，白鳥在彼岸，白鳥翩翻著古代的翅膀，水牛蹣跚著老式的悠閒，山巒摺疊著國畫的皴法。有異的是山河，不殊的是風景。

——張曉風《曉風散文集．不是遊記》

4. 黃昏的疑雲
封鎖了暮年的深巷，
忠臣的眼淚
苦戀著帝王的宮牆，
英雄的頭顱
架在歷史的刀鋒上。

——焦桐《失眠曲・武生》第二節

第三例先對句，再排比，再對句。排比中，工整齊一，但字不重複（「的」重複在所難免）。第四例三組畫面，整齊排比，以不同的動詞，寄寓深沈的哀響。

至於後者，統一動詞，句式逐漸拉長，在現代作品中相當普遍。如：

1. 春天必然曾經是這樣的：從綠意內斂的山頭，一把雪再也掌不住了，噗嗤的一聲，將冷臉笑成花面，一首澌澌然的歌便從雲端唱到山麓，從山麓唱到低低的荒村，唱入籬落，唱入一隻小鴨的黃蹼，唱入軟溶溶的春泥——軟如一床新翻的棉被的春泥。

——張曉風《步下紅毯之後・春之懷古》

2. 想想看，那是多麼大的陸地。給我三天，讓我看看，不看小，看大，看湖如海，看草原如天，看長河如地裂，看群山如天崩。當年坐在飛快的火車上，看那麼長的地平線，看地平線緩緩變成圓周，看大地緩緩轉動成唱盤，大地在唱，唱出唐宋元明清，唱出金木水火土，唱出漢滿蒙回藏，唱出稻粱麥黍稷，唱出一元萬象兩儀四時三教九流六慾七情八德十誡百福千變億載兆民。

——王鼎均《左心房漩渦・看大》

第一例中以春天是一首漸漸然的歌，而後以「唱」爲動作核心，貫串整個空間「雲端」、「山麓」、「低低的荒村」、「籬落」、「一隻小鴨的黃蹼」、「軟溶溶的春泥」，於是彌天蓋地充滿春的歌聲。第二例「看湖如海，看草原如天，看長河如地裂，看群山如天崩」，以動詞「看」爲主線，形成兼比喻的排比；再以「唱」爲軸心，形成排比，最後一句「唱出一元萬象兩儀四時三教九流六慾七情八德十誡百福千變億載兆民」爲三十字的長句。又如：

3.定音鼓的頻率在加速、加強，扭緊我們每一條神經。這是本世紀心跳的節奏，科學製造的新的野蠻。紐約客的心臟是一塊鐵砧，任一千種敲打樂器敲打敲打。湯湯堂堂。敲打格希文的節奏敲打浪子的節奏敲打霍內格雷霆的節奏敲打伯恩斯泰因電子啊電子的節奏。八巷的稅道上滾動幾百萬隻車輪，紐約客，紐約客全患了時間的過敏症。馳近赫德遜河，車隊咬著車隊咬著車隊的尾巴，機械的獸群爭先恐後，搶噬每一塊空隙每一秒鐘。誰投下一塊空隙，立刻閃出幾條餓狼撲上去，霎眼間已經沒有餘屍。

——余光中《望鄉的牧神．登樓賦》

其中「敲打格希文的節奏」「敲打浪子的節奏」「敲打霍內格雷霆的節奏」「敲打伯恩斯泰因電

子啊電子的節奏」四組排比，以「敲打」爲中心，串連成四十字的長句。

肆・排比與兼用

運用排比，往往與重出、頂眞、比喩、擬人、對偶、移覺、反襯、雙關等辭格相結合，形成更豐富的文義變化。如兼用重出者：

1. 我仍是中天的月色，千年萬世，做一名天上的忠懇的出納員，負責把太陽交來的光芒轉到大地的帳上，我不即不離，我無盈無缺，我不喜不悲，我只是一丸冷靜的岩石，遙望著多事多情多欲多悔的人世。

——張曉風《從你美麗的流域・你要做什麼》

2. 我常說：「只有活得很好的人，才可以死得很好。活得很深刻的人，才可以死得很深刻。也只有活得很漂亮的人，才可以死得很漂亮。」因此，生和死是連在一起的，因爲有生就有死，有死一定會有生，如果不死就不會有生。

——林淸玄《身心安頓》

第一例「我不即不離，我無盈無缺，我不喜不悲」排比中各句分別重出「不」、「無」，第二例則在答話的排比中，各句分別重出「很好」、「很深刻」、「很漂亮」。至於兼用頂眞者，如：

1. 我飄，飄到天涯無盡處；我流，流入海角浪濤的舌尖上；我昇，昇上五尺天；我騰，騰在自己無喜無怒的心情裡。我終究只是我，不會憤激為陣陣雨暴風驟，不會沈淪為都城上空團團煙塵。我終究只是出岫的一片白雲——堅持雲的質性，白的色度，出岫的必要。

——蕭蕭《與白雲同心．孤雲出岫》

2. 一個十分乾燥的村子，沒有花，卻有隨風捲來徬徨迷失的蝴蝶。就在這樣的季節裡你翩然而至，事先沒有消息，也許你寫過信，我看不到。我接待你如捧一掬明珠，怕人看見，又實在無處收藏。在我眼中你是一團光，光裡有聲，聲裡有淚，淚裡有叮嚀。直到今日，那光仍在，那聲仍在，那淚仍在，叮嚀仍在。

——王鼎鈞《左心房漩渦．失名》

3. 《易經》裡講「三才」，所謂天道、人道、地道，這乃是人類生活的三個層面，它包括了人和世界的所有關係。中古文明太偏於天，結果使人生索然乏味，近世文明太偏於地，結果徒然使鬥爭堅固，中國文化太偏於人，結果使天地都得不到發展。最弔詭的是：偏於天的終於失去了天，那是信仰的失落；偏於地的終於失去了地，那是生態的破壞、自然的污染；偏於人的終於失去了人，那是人權的破產、人道的陵夷。這是「物極必反」的自然鐵律呢？還是「造化弄人」的命運悲劇？當我們看到人類數千年的夢想一一破滅、數百代的努力適得其反，那一股深沈的悲哀眞不是言語所能形容的！

——高大鵬《追尋・大雄寶殿的沈思》

第一例以「飄」、「流」、「昇」、「騰」頂眞，第二例以「光」、「聲」、「淚」頂眞，第三例以「偏於天」、「偏於地」、「偏於人」遙相頂眞銜接，構成排比。至於兼用比喻者，如：

1. 至於醉的心靈，那就更是明暗變化，動靜分明了。有的明朗如陽光下開到天邊的芥菜花，有的陰暗如寒雨淒淒的山谷，有的寧靜如了無車馬喧囂的曠野，有的煩鬧如紅塵滾滾的都城，有的孤寂如荒漠，有的激烈如怒海……。於是歌歌哭哭，叫叫笑笑；只要是冷眼人，就可以在一場饗宴之後，透視到各種心靈的風景。

——顏崑陽《智慧就是太陽・想醉》

2. 一隻白鷺鷥掠過庭前，飛向淡水河口，我分明看見它鼓動有力的翅膀，畫出剛勁美麗的曲線，但它很快地跌進那片海天相連的柔藍裡，消失了蹤影。竟像春天紛細的雨絲落入

初張的潮水，像風中輕揚的細沙降歸遼闊的大地，像渺微的人生在熱烈的歌哭悲喜後，
便掉入蒼茫深沈的宇宙中，不帶引絲毫漣漪。

——曹淑娟《如夢．一隻白鷺鷥掠過庭前》

第一例「有的明朗如陽光下開到天邊的芥菜花，有的陰暗如寒雨淒淒的山谷，有的寧靜如了無車馬喧囂的曠野，有的煩鬧如紅塵滾滾的都城」四種不同情境的四種比喻，第二例「像春天紛細的雨絲落入初漲的潮水，像風中輕揚的細沙降歸遼闊的大地，像渺微的人生在熱烈的歌哭悲喜後，便掉入蒼茫深沈的宇宙中」同一情境的三種不同比喻（即博喻），構成排比。至於兼用擬人者，如：

1. 這十來個歲月是關鍵。歲月走過急水溪，歲月走過嘉南大圳，歲月走過姑爺里，歲月走過上帝爺，歲月也走過新營人的心路。

——阿盛《綠袖紅塵．姑爺鄉里記事》

2. 我信步走到飯桌旁一看，不禁倒抽了一口冷氣。怎麼燕瘦環肥的餃子仍盤踞在桌面的各個角落。一位熱心的學生探過頭來數著，共剩五百多個餃子。這時，才有學生來跟我報告：

「×××今天臨時有事回家去了！」
「×××見色忘師，去向女朋友報到去了。」
「×××昨晚吃壞了肚子，留在學校休息。」
於是，下令清點人數，有七位臨時缺席，共來了十二位。五百多個餃子東倒西歪；有的齜著牙笑著，有的垮著臉歪躺著，有的索性開膛破肚耍賴著，有的則賊頭賊頭張望著，我幾乎是欲哭無淚地哀求學生再接再厲，他們則齊聲告饒。

——廖玉蕙《不信溫柔喚不回．誰來「餃」局》

首例將「歲月」擬人，連續五句排比，第二例將「餃子」擬人，「有的齜著牙笑著，有的垮著臉歪躺著，有的索性開膛破肚耍賴著，有的則賊頭賊頭張望著」連續四句排比。此外，兼用對偶者，如：

大抵現代人長於忙，短於不忙。慣於有事，不慣於無事，善於無閒，不善於有空。一旦面臨空檔閒暇，往往空而不閒，閒而發慌，坐立不安，如面對龐大寂寞與無涯的孤獨；於是排滿行程，到處趕場，以動盪驅逐寧靜，以喧嘩代替閒適，結果以累養累，拖著疲憊身軀歸來，再也聽不到任何內心深處飄起的悠悠呼喚。

——張春榮《青鳥蓮花・說閒》

其中「長於忙，短於不忙」、「慣於有事，不慣於無事」、「善於無閒，不善於有空」分別爲二分對偶，並構成長句的排比❸。其他兼用移覺者，如：

> 就在這一天，他家的房屋變成一堆瓦礫。就在這一天，他投進一個劇團，深入大巴山表，宣傳抗戰。群山萬壑，地平線迎面豎起，他們以腳趾爲鉤，與猿猴爭路，可是他有那樣的手指。他們比歷史先來一步，讓山中人看生看死，看恩看仇，看敵看我，看血看火，讓山中的石塊也想脫胎變成炸彈，參天古木恨不得立即倒地成槍，可是他有那樣的手指。也就是那手指，把歌聲掛在峭壁上，繞在樹幹上，繡在流泉上，點化雞鳴狗吠，連風過林梢都是在奔走呼號。
>
> ——王鼎鈞《左心房漩渦・春雨・春雷》

「掛在峭壁上，繞在樹幹上，繡在流泉上」構成排比。又「歌聲」原屬聽覺而把它當成實體般可以觸摸曲繞的對象，此即移覺技巧的發揮。兼用反襯者，如：

然而我們不是一直相信生命是一場充滿祝福的詛咒，一枚有著苦蒂的甜瓜，一條布滿陷阱的坦途嗎？

——張曉風《從你美麗的流域．星約》

以「生命」爲主語，接連三句排比，全都以設問的口吻出之，答案都在問題的反面；同時「祝福的詛咒」、「苦蒂的甜瓜」、「陷阱的坦途」均以相對觀念構詞，發揮映襯中的反襯技巧（亦可自「矛盾詞」的角度來分析）。至於兼用雙關者，如：

我有一位舅舅，最愛意氣風發地以閩南語說：「講到博（賭），我就『氣』；講到酒，『最』不好，講到菸，火就著。」一語雙關，氣與去諧音；最與戒諧音；而「火就著」表面上是生氣，他的眞意卻是打火點燃。

——劉靜娟《逆風而上．人》

貌似義正詞嚴，卻理歪氣盛，寓藉口於冠冕堂皇之雙關中相當逗趣。而排比兼用辭格的種種變化，大抵可由此窺其一二。

注釋

❶如「有時候，句子寫到俗極處，像『東邊一棵大柳樹，西邊一棵大柳樹，南邊一棵大柳樹，北邊一棵大柳樹』，四句稚嫩而村俗，再來二句：『中間柳絲千萬條，繫不得驄馬住！』全首忽然化作『出風入雅』的好作品了！」（黃永武《愛廬小品．俗極反雅》）其中再來二句，即收束前面四句之排比。

❷對偶與排比常配合使用。如「率眞者無心過，殊多躁言輕舉之失；愼密者無口過，不免厚貌深情之累；心事如青天白日，言動如履薄臨深，其惟君子乎。大事難事看擔當，逆境順境有襟度；臨喜臨怒看涵養，群行群止看識見」（呂坤《呻吟語》）、「那是在槍聲砲聲使孩子一夜變成大人的年代，在一支歌可以使農夫馬上變成戰士的年代，那時有手就可以握槍，有口就可以唱歌，有血就可以救國。那時我們的生活裡有風，有馬，有高粱。黃河在歌裡，歌在高粱酒裡，酒在動脈裡」（王鼎鈞《左心房漩渦．黃河在咆哮》），均先對偶，再排比。唯王鼎鈞之例則在排比之後，又層遞（「黃河在歌裡，歌在高粱酒裡，酒在動脈裡」）。

❸以對偶形成排比者，另如「『我的人生觀』，這個題目在年輕時是個夢，在年老時是本帳；在年輕時爲一望遠鏡，年老時爲X光片；年輕時爲一問號，年老時爲一句號」（王鼎鈞〈十句話〉）。反之，以排比而形成對偶者，如「春江如油，夏江如綢，秋江如酒，冬江呢？晝江如軍，夜江如魂。雨江如琴，雪江呢？」（王鼎鈞《左心房漩渦．最後一首詩》）

水中藻荇交橫，蓋竹柏影也

——談錯覺

蘇軾〈記承天寺夜遊〉是趣味雋永的小品：

> 元豐六年十月十二夜，解衣欲睡；月色入户，欣然起行。念無與樂者，遂至承天寺，尋張懷民。懷民亦未寢，相與步於中庭。庭中如積水空明，水中藻荇交橫，蓋竹柏影也。何夜無月，何處無竹柏，但少閒人如吾兩人耳。

文內「庭中如積水空明，水中藻荇交橫，蓋竹柏影也」三句，比喻鮮活❶，同時呈現恍惚錯覺的美感，十分令人玩味。因爲這樣的表現手法，正好可以和現代文學中的作品相印證。

現代文學中與「庭中如積水空明，水中藻荇交橫」描寫相似的，不乏其例。如白先勇〈那晚的月光〉（《寂寞的十七歲》）：

那晚的月光實在太美了，李飛雲想道，地上好像浮了一層湖水似的。陳錫麟不能怪我，他想，陳錫麟沒有看過那麼清亮的月光。

即以「浮了一層湖水」比喻月光。而鍾曉陽《愛妻‧愛妻》小說中描寫雨中的窗外世界：

車在搖搖地開動。潺潺雨聲中，沈默的空氣綿綿橫梗在我和劍玉之間，就像我們中間多坐了一個人，渾身是冰涼的。劍玉望向窗外，身體前傾，好像外面有什麼吸引了她的注意力似的。車窗上密密布滿雨珠子，銀光閃閃，有如成群在水中游動的銀色小蝌蚪。窗外是一片深綠的海底，那朦朧的建築物就是山石礁岩，樹是水藻，來往的人影子有若七色魚群，游泳於山石水藻之間。

以「深綠的海底」喻窗外雨景，尤其「樹是水藻，來往的人影子有若七色魚群，游泳於山石水藻之間」的聯想，與蘇軾以「水中藻荇交橫」喻竹柏樹影，可說有異曲同工之妙。唯鍾曉陽於此❷再加細筆，再加詳喻。

然而蘇軾這三句最值得我們觀摩、活用的，是先寫視覺所見（「庭中如積水空明，水中藻荇交橫」），再寫所發現（「蓋竹柏影也」）；亦即先結果後原因的倒寫筆法。這樣的筆法，倒逆曲折，最容易產生靈動變化之趣。而感官中的錯覺恍惚，以視覺最常見，如王鼎鈞〈天鵝蛋〉（《山裡山外》）：

> 驚醒以後，看見窗外院子裡光線泛白，天快亮了，不敢貪睡。開了房門，院子裡一片月色，腳踏上去卻看不見人影兒，慌忙看天，才知道是夜裡下了濃霜。退回屋中，本來可以再睡，卻無論如何睡不著了。

先寫「開了房門，院子裡一片月色」，再寫「腳踏上去卻看不見人影兒，慌忙看天，才知道是夜裡下了濃霜」，說明事實眞相；原來乍然間看走眼了，竟將滿地霜白看爲一片月色。而陳冠學《田園之秋》：

> 正困於登高不能望遠，忽覺左斜方漸漸露出白光，原來霧正在散了，朝日早昇出蜈蜞嶺有數尺之高。於是我在心裡出了一個題目：沙原霧散。眼前白茫茫的一片，蓋住了數十里的沙原，看霧罩掀開後，這一片沙原是什麼景象？有好一段日子沒來了，不知道此時是什麼

風物？霧果眞越來越薄了，天開了，日光下來了，可是眼前的沙原還是白茫茫無邊的一片。正遲疑著以爲沙原上的霧不肯散，定睛一看，原來是白雪雪的無數茅花正遮蔽了這一片荒原！怪不得，我不是早就將九月定做茅月了嗎？無邊茅月，是這無邊的溪原！

先寫「眼前的沙原還是白茫茫無邊的一片。正遲疑著以爲沙原上的霧不肯散」，接著才認清純屬視覺上的錯失：「定睛一看，原來是白雪雪的無數茅花正遮蔽了這一片荒原」，原來經歷了一場美感的錯覺。小說中，尤善於藉錯覺以寫人物的心理恍惚，如：

1. 流雲用手抹去臉上的水珠，忽然他瞥見水槽中竟長出一朵白蓮，亭亭立在藍天之中，哪裡有這種怪事？他趕快抹去眼角的水珠，原來不是蓮花，是一張臉的倒影，一張美麗的臉。她立在水槽對面，瞪著一雙明亮的、斜飛的眼睛望著他。流雲合什低頭說：「施主，早。」

——鍾鈴《鍾玲極短篇．蓮花水色》

2. 忽然遠方一團黑影在暗紫的天空掩映下，模糊的對著他飛掠過來，他一興奮，笑張的嘴巴又將雙頰擠出兩道深陷的溝痕。「烏鴉又成群飛來了。」他暗叫。因爲那團黑影的來臨，他覺得凹凸不平的枯黃土地也鮮躍起來，每片乾硬的沙地瞬間都像停滿了烏鴉，一層層緊緊包圍住他。

當黑影飛近，他聽到唧喳不停的叫聲，心情立刻頹然下沈，臉頰上的兩道深溝又平復，嘴巴癟得緊緊。黑影掠過他上空了，但衹是一群奔飛的麻雀，天光暗紅，麻雀遠遠飛來，看不清牠們的顏色，他竟錯以爲是烏鴉。爲這過早的興奮，進旺懊惱了一陣子。

——呂則之《雷雨》

3. 忽然間，她在前面看到一根竹子，不，那是一條繩子，斜斜橫過小路。她曾聽説過，那種繩子就是吊死鬼的圈套，是找交替用的，千萬不能跨越過它。

她盯著那繩子，正想從旁邊的草叢繞道過去。就在那時候，她看到了那繩子似乎在發出幽微的光。

那會是什麼？那是活的繩子？

那是一條蛇，而且從身上的亮光來看，很可能是一條毒蛇。

怎麼辦？她用手裡的竹子，把牠趕開。她發現她的手在發抖。

——鄭清文《相思子花》

第一例「瞥見水槽中竟長出一朵白蓮，亭亭立在藍天之中」是恍惚錯覺的美感，定睛一看，才知是張美麗的容顏。第二例因進旺過去經驗，再加上遠方無法辨清，遂產生錯覺的興奮，而後等距離拉近，才失望懊惱。第三例則寫女主角的三次錯覺，由「竹子」至「繩子」，再由「繩子」再至「蛇」（如青竹絲），形成驚嚇。另如於梨華《雪地上的星星·雪地上的星星》：

「那也是意料中的事。十個希望到頭來有九個是失望的。打個譬喻給妳聽，好像明明看見一個氣球掉入自己懷裡，伸手一接，接著的是一個肥皂泡，你不能說你沒有接著東西，不過不是你想的那樣東西就是了。」

僅僅這句話，梅卜就知道了他的心意。她很難過，但還是和他跳完了舞。「屋子裡好悶，我從後門溜出去散一回步，有人問起來你就說我一下就回來。」

「好。」他既沒有阻止她，也沒有說陪她去。她感激他對自己的了解。「多穿點衣服，剛落完雪，一定很冷的。也不要走太遠了，生地方，容易迷路。」

外面的雪已停了，卻呼嘯著狂風，放肆地將地上的雪凝起來又摔回去。一眼望去，茫茫一片。禿禿的樹，黑了的天，遙遠遙遠的黑夜。在風的戲弄下，地上的雪，有的堆得很高，有的削薄一層。全是乾雪，踩上去鬆脆爽散，街燈撒下光來，在雪地上撒了無數無數的星粒，比星星還小，比星星還亮，比星星還多的星粒，像無數個燦爛的希望。可是當她蹲下去伸手去抓，抓的是一把冰冷的雪，冷得直透她的骨髓。希望破滅時，不也是這麼感覺嗎？

寫女主角梅卜走在街燈下的雪地，看見「雪地上撒了無數無數的星粒，比星星小，比星星還亮，比星星還多的星粒，像無數個燦爛的希望」，內心充滿晶瑩明亮的星粒圖象，湧升燦爛的美感。然後再寫接觸後的眞實：「伸手去抓，抓的是一把冰冷的雪，冷得直透她的骨髓」，發現剛剛原來是美感的錯覺，一場空歡喜而已，事實上只有雪的無邊冰冷。當然於梨華透過倒寫技巧用來刻畫女主角錯覺幻滅後的傷感，與蘇軾錯覺澄清後的喜悅之情不同。而相信透過這樣古今的比較，再回過頭來讀〈記承天寺夜遊〉中這三句，會有更多的領略。

至於聽覺上的錯覺，如張愛玲《半生緣》：

1.平時常常站在窗前看著他來的，今天她卻不願意這樣做，只在房間裡坐坐，靠靠，看看報紙，又看看指甲。太陽影子都斜了，世鈞也沒來。他這樣負氣，她也負氣了——就是來了也不給他開門。但是命運好像有意捉弄她似的，才這樣決定了，就聽見敲門的聲音。母親和祖母在浴室裡嘩嘩嘩放著水洗衣服，是絕聽不見的。樓下那家女傭一定也出去了，不然也不會讓人家這樣『哆哆哆』一直敲下去。要開門還得她自己去開，倒是去不去呢?有這躊躇的工夫，就聽出來了，原來是廚房裡『哆哆哆哆』斬肉的聲音——還當是有人敲門。她不禁惘然了。

2. 世鈞在樓窗下經過，曼楨在樓上聽見那腳步聲，皮鞋踐踏在煤屑路上。這本來也沒有什麼特異之點，但是這裡上上下下就沒有一個人穿皮鞋的，僕人都穿布鞋，曼璐平常總穿繡花鞋，祝鴻才穿的是那種粉底直貢呢鞋子。他們家也很少來客。這卻是什麼人呢？曼楨躺在床上，竭力撐起半身，很注意的向窗外看著，雖然什麼也看不見，只看見那一片空明的天，和天上細細的一鈎淡金色的月亮。她想，也許是世鈞來了。但是立刻又想著，我眞是瘋了，一天到晚盼望世鈞來救我，聽見腳步聲音就以爲是世鈞。那皮鞋聲越來越近，漸漸的又由近而遠。曼楨心裡急得什麼似的，因想道：『管他是誰呢，反正我喊救命。』可是她病了這些時，發熱發得喉嚨都啞了，她總有好些天沒有和任何人說過話了，所以自己還不大覺得。這時候一張開嘴，自己都吃一驚，這樣啞著嗓子叫喊，只聽見喉嚨管裡發出一種沙沙之聲罷了。

第一例將廚房斬肉聲聽成似世鈞敲門之聲，寫出曼楨內心之期待心理。第二例寫曼楨聽見皮鞋聲誤以爲世鈞（其實正是），但又理智否定，等鞋聲漸去漸遠，想喊又喊不出聲，眞可謂造化弄人，一個轉機的可能便如此錯失，兩人今生便溝水東西流。至如觸覺上的錯覺：

1. 虛竹更是惶恐，伸出雙手，左手急推，右手狠拉，要將他推拉下來。但一推之下，便覺自己手臂上軟綿綿的沒半點力道，心中大急：「中了他的邪法之後，別說武功全失，看來連穿衣吃飯也沒半分力氣了，從此成了個全身癱瘓的廢人，那便如何是好？」驚怖失措，縱聲大呼，突覺頂門上「百會穴」中有細細一縷熱氣衝入腦來，嘴裡再也叫不出聲，心道：「不好，我命休矣！」只覺腦海中愈來愈熱，霎時間頭昏腦脹，腦殼如要炸將開來一般，這熱氣一路向下流去，過不片時，再也忍耐不住，昏暈了過去。

只覺得全身輕飄飄地，便如騰雲駕霧，上天遨遊；忽然間身上冰涼，似乎潛入了碧海深處，與群魚嬉戲；一時在寺中讀經；一時又在苦練武功，但練來練去始終不成。正焦急間，忽覺天下大雨，點點滴滴的落在身上，雨點卻是熱的。

這時頭腦卻也漸漸清醒了，他睜開眼來，只見那老者滿身滿臉大汗淋漓，不住滴向他的身上，而他面頰、頭頸、髮根各處，仍是有汗水源源滲出。虛竹發覺自己橫臥於地，那老者坐在身旁，兩人相連的頭頂早已分開。

——金庸《天龍八部》

2.「接到妳的來信……」袁平揣著它，從博物院回到一床一桌的斗室，就著半熄的爐子，抖著手拆開，讀完之後，人就像窗外的白楊樹，在冰雪中凝凍住了。

爐子上的水滾了，冒出一縷縷白煙，漫了一屋子。良久，袁平摸了摸溼成一片的臉頰，才發覺不是水汽，他是在流淚，也不知流了多久了。

——施淑青《韮菜命的人・晚晴》

第一例「忽覺天下大雨，點點滴滴的落在身上，雨點卻是熱的」，寫虛竹的誤以老者汗水爲雨點。第二例寫袁平觸摸臉頰，才知將淚水誤爲水汽，藉此襯托其恍惚神情。

就技巧而言，錯覺的美感或驚愕，除了爲倒敍的轉折之外，在句與句間，常和翻疊、層遞結合在一起。如：

1.就這樣，我們揣測戰場上的得失，心裡一陣抽緊，一陣放鬆。不知過了多久，忽然覺得身上有點冷，頭上有點溼。仰臉看天，輕細難辨的雨絲惹得臉皮癢癢的。接著，樹葉又拍達拍達響起來，不是因爲流彈，是雨點。

——王鼎鈞《碎琉璃・帶走盈耳的耳語》

2.第一個菜端上來，是個冷盤，菜上面蓋著一層紫菜，不，不是紫菜，是葡萄乾；也不是葡萄乾，是鄉下特有的一種菜葉，經過煎炸。主人舉起筷子說請，客人舉起筷子等主人第一個下箸。村長的筷子插進菜盤，轟隆一聲，滿盤蒼蠅飛散，露出肉片來。我嚇呆了，看宗長老的

> 臉色，宗長老看華牧師的臉色。華牧師閉上眼睛，懇切的說：「主啊，賜福給我們！」睜開眼，夾起一片肉，勇敢的送給嘴裡。我也在內心暗暗禱告：「主啊，賜福給我們！」戰戰兢兢伸出筷子。
>
> ——王鼎鈞《碎琉璃．拾字》

第一例「樹葉又拍達拍達響起來，不是因爲流彈，是雨點」，寫恍惚聽覺中的辨識，先否定，再肯定，形成翻疊。第二例藉一再翻疊，指出冷盤上蓋的不是「紫菜」，不是「葡萄乾」，是經過煎炸的特殊「菜葉」；而後再筆鋒一轉，道出所謂特殊的「菜葉」竟是「蒼蠅」；充滿懸疑效果，使人咋舌。自然，先以「紫菜」、「葡萄乾」作遮語，是誇張的描述，在倒敍中兼由誇張造成驚心效果❸。

最後，錯覺是感官經驗中心理的恍惚與眞實，可以釋放美感，亦可藉此勾勒人物心理的變化，爲文學作品中常見的表現手法，不必逕以「迷失」斥之。猶如林清玄所記：

> 不久之前我和兩個朋友——一個是畫家，一個是攝影家，三個人跑到北海岸去玩。我們到了一個村莊就開始拍照的拍照，畫畫的畫畫。
>
> 忽然間聽到那個攝影家大叫一聲：「哇！白色的蝴蝶！」然後他就跳起來往海邊衝過去。

而我和畫家朋友，都覺得很奇怪，海邊怎麼會有蝴蝶呢？順著他跑的方向看去，咦！發現眞的有一群白色的蝴蝶在海岸上飛。哇！當時我們兩人非常吃驚，海邊既沒有草也沒有花樹，怎麼會有蝴蝶在那兒飛呢？我們看著攝影家的背影一路跑過去，他並沒有停下來拍照，就一直跑到蝴蝶當中去，然後呆呆的站在那兒看。最後他抓了一隻蝴蝶回來，本來去的時候跑得很快，可是回來卻是慢動作、垂頭喪氣的走回來。怎麼會這樣呢？我們都覺得更奇怪，跑過去問他：「喂！蝴蝶拍到了嗎？」他把手一張開，原來是一張白色的紙片。原來那些白蝴蝶是一些垃圾紙屑，被一陣旋轉的海風吹起來，遠遠看就像一群白色的蝴蝶在飛一樣。這就使我們想到，這個攝影家眞是笨，如果他不跑過去，而和我們一樣，保持這樣的距離，留住這樣的美感，不是很好嗎？把這原以爲是蝴蝶的紙片帶回來，也把我們的興致都破壞掉了！那一天我們都很頹喪的回家。

——《煩惱平息・迷失是覺悟的開端》

畢竟看淸眞相的覺悟和美感經驗的錯覺可以並行而不悖。

注釋

❶蘇軾〈月夜與客飲酒杏花下〉：「杏花飛簾散餘春，明月入戶尋幽人。褰衣步月踏花影，炯如流水涵青蘋。」最後一句，亦以「流水」寫月光，「青蘋」寫花影。

❷作者另有相似描寫：「在那房間裡，我們靜靜地不知坐了有多久。淡綠窗簾的竹子圖案，被日光照映在對面的牆壁上，形成竹影，就好像這窗外遍植瘦竹。由於房間向西，光線黯淡，大白天也覺得有個月亮在外頭，那竹影更添了一股幽趣，水藻一般搖曳在月光深深的地方，許多個夜晚，我躺在枕上望著那竹影聆聽從海上傳來的霧號聲。」（《普通生活．哀歌》）

❸另如「門口桌子上，一疊飯碗，大碟子裡幾塊半生不熟的肥肉，原是紅燒，現在像紅人倒運，又冷又黑。旁邊一碟饅頭，遠看也像玷污了清白的大閨女，全是黑斑點，走近了，這些黑點飛升而消散於周遭的陰暗之中，原來是蒼蠅」（錢鍾書《圍城》）。

不敢下水的是陸游

——談雙關

雙關是兼含兩種事物或兩種意義的修辭技巧，充滿機智與風趣。主要可分諧音與諧義兩類。諧音雙關兼及同音或音近字詞的意義，諧義雙關指原來字詞可作不同的詮釋；而兩者的最大差別在於：諧音雙關的字詞不相同，而諧義雙關則同一字詞。以樂府詩無名氏〈子夜歌〉爲例：

始欲識郎時，
兩心望如一。
理絲入殘機，
何悟不成匹？

第三句「理絲入殘機」，「絲」與「思」同音，是諧音相關；第四句「何悟不成匹」，「匹」原指布成匹，於此另指男女「匹」配，是詞義相關。

諧音雙關，有的已成民俗上的共識。如過年時桌上一定有「魚」，表示年年有「餘」。把碗打破摔「碎」了，習慣說「歲」歲平安。婚禮上送「棗子」、「桂子」，有「早」生「貴」子；吃「蓮子」，有「連」生貴子的祝賀之意。吃「韮菜」，表示「久」久長長，「年糕」表示年年「高」陞，「菜頭」表示好「彩頭」（「菜」、「彩」音近）。又居住環境，有人喜歡在後院種「榆樹」，因「榆」、「餘」同音。對歌喉好的人，有的人喜歡送玉製的「玉猴」，「猴」、「喉」同音，表示祝福。因此日常生活中易引起不祥聯想的字詞，一般都盡量避開。如朋友新居落成，要送「鐘」，怕「鐘」與「終」諧音，會觸霉頭，則改說送「計時器」。又男女間亦忌諱送「傘」，因「傘」、「散」音近，所以有些禮品店販賣五把小傘連綴成的飾物，取「五傘」與「無散」音近，以迎合買者趨吉避諱的心理。此外，中英文間，如「多來米飯少來稀粥」與「do, re, mi, fa, sol, la, ti, do」（音樂的八個音階）、「俺不來啦」與「umbrella」（雨傘）、「壓克力」與「ugly」（醜）、「屁也驅敵」與「P.H.D.」（博士學位的簡稱）、六字大明咒「嗡嘛呢叭咪吽」（om mani padme hom）與「Om！Money pay me home.」（喔！錢都付到我家）亦由諧音產生聯想的趣味。

基本上，諧音雙關以巧思、新趣為上。如陳義芝《青衫·離》：

階前
落雁與棗桃競相叫賣
朔風穿堂而過
愀然一夜
妻的髮已爆滿梨花

最末一行中「梨」花與詩題「離」諧音，並借喻妻因離愁而髮白。渡也《落地生根．下墜球》第三小節：

被球打得傷痕纍纍的我
只好撥嘉義生命線電話
二——二九——九九五
喔——喔救——救救我

結尾運用「二」與「喔」、「二九」與「喔救」、「九九五」與「救救我」諧音❶，逼出主旨。

又馮雅蓮〈小青蛙〉（收入桂文亞編《葡萄要回家》兒童詩選欣賞㈠）：

小青蛙喜歡當弟弟，
因爲媽都比較疼弟弟，
可惜牠沒有哥哥，
所以不管見到誰，
總是喜歡叫「ㄍㄜ˙ㄍㄜ」！

整首詩就建立在青蛙「ㄍㄜ˙ㄍㄜ」叫聲和「哥哥」諧音上，可說構思靈巧，使人會心。至於蕭蕭《太陽神的女兒．裝潢》：

牙齒黑，還能遮掩，牙齒暴，又該如何呢？

有人左右各暴一顆，極有對稱之美，這是「聯合報」，有人只暴一顆門牙，這是「中央日報」，最近長出來的暴牙，當然是「新生報」，長大後才突然暴出的特立的一顆，則爲「自立晚報」，這裡一顆、兩顆，那邊又發現一顆，不知什麼時候又會發現另外一顆暴牙，當然是「自由日報」。

藉「暴」牙與「報」同音，充滿發揮「聯合報」、「中央日報」、「新生報」、「自立晚報」、「自由日報」相關涵義，極爲逗趣。又袁瓊瓊《隨意・隨意短章》：

我兒子長相秀氣，不開口別人往往以爲是女孩。他留著垂肩長髮，阿姨笑他：「管大滌，你好娘娘腔哦。」

他回話：「我不是娘娘槍（腔），我是娘娘大炮。」

文中管大滌回答的「好笑」完全在「槍」與「腔」的諧音上。而這種出人意外的雙關，最能使人莞爾。至如：

1. 那年父親的生日，我特地在江西磁器店裡買了一隻小磁杯送父親飲酒，每飲只限此一杯，我覺得父親喜歡這隻磁杯更甚於玉杯，他給我的詩有「只爲愛女更磁杯」之句，父親說「磁杯」與「慈悲」語音雙關，如此默念此句，更深深體會得慈父之心。

——琦君《煙愁・酒杯》

2. 我們趺跏在花地磚上，對著牆角的電風扇，面面驚覷，繼而抑低了聲音議論起來。最後在留言簿上，我們題了「廟不可言」、「廟哉，妙哉」一類的雙關語。

——余光中《隔水呼渡・耶釋同堂》

3. 兒子臨睡前留了一張
紙條：請幫我買雙ㄞˋ ㄉㄧˊ ㄉㄚˊ
不是愛抵達嗎
沒受過幾年教育的我
不禁自問：我的愛是否抵達

——林彧《夢要去旅行・ㄞˋ ㄉㄧˊ ㄉㄚˊ》

第一例中「磁杯」與「慈悲」、第二例「廟」與「妙」同音。第三例則運用運動鞋的牌子「ADIDAS」（愛迪達）與「愛抵達」音近，展開引申、推想，頗具巧思。

在諧義雙關上，常利用字詞本身的多義性，別出心裁，另有所指，以收一新耳目之效。以「重」字爲例，不怕胖的人愛以「君子不重則不威」（《論語・學而》）自比，有的減肥的人則以成語「避重就輕」自況，均屬詞義雙關。因原本「君子不重則不威」的「重」，指厚重、莊重，「避重就輕」的「重」指困難、嚴重，在此作「體重」解，與原旨不符，純粹以趣味爲主。大抵在詞義雙關上，可以發覺許多語詞都可別出心裁，另作解釋。如《左傳・僖公三十年》燭之武退秦師一節，晉大夫狐偃希望趁秦國軍隊撤退時予以重擊，晉文公回道：

不可，微夫人之力，不及此。……

斷然拒絕。理由是沒有秦穆公當年幫忙，無法今日回來晉國當國君。其中「夫人」（「夫」音ㄈㄨˊ）即「那人」，指秦穆公。後沈復〈浮生六記・閨情記趣〉中記芸娘細心招待，賓主盡歡場景：

芸問曰：「今日之遊樂乎？」

眾曰：「非夫人之力不及此。」大笑而散。

表面上「非夫人之力不及此」，眾賓客用晉文公答狐偃的話，實際上在此「夫人」（「夫」音ㄈㄨ）不指秦穆公，而指沈復夫人芸娘。由於語帶雙關，賓主會意，莫逆於心，大笑而散。降及今日，時空遞嬗，許多語詞往往語帶雙關。如「孝子」一詞，梁實秋解道：

以前的「孝子」是孝順其父母之子，今之所謂「孝子」乃是孝順其孩子之父母。

——《雅舍小品・孩子》

又周腓力解釋三種分散的家庭：

一、內在美——即男人與其他子女留在國內，由「內人」帶著小壯丁逃亡在美；二、外在美——即女人帶著其他子女留在國內，由「外子」帶著小壯丁逃亡在美；三、缺陷美——即小孩在缺乏父母照顧的情形下孤身陷在美國，他們又被稱作小留學生。

——《萬事莫如睡覺急・小逃兵》

其中所謂「孝子」、「內在美」、「外在美」、「缺陷美」均屬詞義雙關。此外，以人名爲例❷：

1.上游泳課之前，老師問：「班上有沒有『愛國詩人』，有的話，請舉手。」同學們聽得莫名其妙，也沒人舉手。老師進一步解釋說：「不敢下水的是『陸游』……」

——陳忠本〈愛國詩人〉，中央日報編，《趣譚》第五輯

2.有一次有人攻擊唯一民選的美國總統（Gerald Ford, 1913- ）能力太差，毫無傑出表現時，福特總統推開雙手笑一笑，以雙關語自嘲無法與美國史上最令人懷念的林肯總統並

比，他說：「我只是福特（也意味普通車），我不是林肯（也意味高級豪華車）。」

——李南衡《開開名人的玩笑》

3.「只是，每天這樣日補夜補的，眞的好像飼料雞哦！根本沒時間消化也沒時間做功課！……」

然後，當你想起班上同學戲稱你們這些踏著月色和街燈影子回家的人爲「歸有光」時，你不免苦笑了。

——陳幸蕙《青少年的四個大夢・飼料雞與歸有光》

第一例「陸游」原本人名，解釋成「在陸上游泳」，第二例「福特」、「林肯」本指人名，在此解釋成車子「福特」、「林肯」（剛好「林肯」車是高級車，「福特」是普通車），語帶雙關，令人莞爾。第三例以「歸有光」指每天披星戴月早出晚歸，這樣的雙關無疑充滿苦澀。至於稱歌功頌德的人爲「歌德派」，女子胸部不豐滿爲「太平公主」，謂傳統教學訓練出一堆「蔣光超」（講光抄）、「貝多芬」（背多分），則有嘲弄之意。至如：

他戲稱自己爲「五子老人」——聾子、啞子、瘸子、瞎子、「駝」子（公公患脊椎病，老來背駝且不問國是，身如駝子心似鴕鳥，雙關之意）的那種心境……思想起來，又怎能不爲他哭泣？

——喻麗清《帶隻杯子出門・難過得像一根麵條》

將「五子登科」中「車子、房子、妻子、兒子、金子」，改爲「聾子、啞子、瘸子、瞎子、『駝』子」，則爲自我嘲弄。

基本上，諧義雙關以擴大、善用詞義的可能爲上。如張拓蕪《桃花源・在童騃與弱冠之間》：

我們倒不在乎上火線打仗，卻很怕打完仗後調到後方「整補」，補是補充損失了的兵員和武器裝備，這不干我們小兵的事，怕的是那個整字，整原是重新整理、整訓一番的意思，但無論小官小兵都把那個字解釋成「整人」！

「整補」一詞中的「整」除了整理外，還有整人的別解。又同書〈洞天福地〉中寫道：

院長豪氣干雲地說：「花崗石醫院，眞不是蓋的！」原不是蓋的，它是用炸藥，用空壓機，用鐵鎚及雙手開鑿、搥打出來的！

「眞不是蓋的」除了指具體成績擺在眼前，不是吹噓外，並指花崗石醫院的建立不同於一般醫院在空地上搭蓋。似此詞義的雙關，無疑豐富了原先固定的用法，恢復語詞的彈性幅度，另如陳清玉《留香・父親的希望》：

> 總算老天有眼，我平日雖與父親處處意見不合，論起「說文解字」倒還臭味相投，所以父親常常又是得意又是嘆氣地對人說，兄弟姊妹中獨獨鍾情於我的「才華」。

文中「說文解字」一方面指許愼《說文解字》，一方面指文章字句的解說與作法。至於琦君《玻璃筆・寶貴的小擺飾》：

> 我的書桌上，擺著一對最寶愛的手工藝品，那不是水晶，不是木刻，更不是名家的雕塑，而是用火柴棒搭的，立體的「快樂」二字。那是兒子念初中時，有一個夜晚，一個人躲在屋裡爲我特別做成的。我那時還曾幾次敲他房門，催他早睡，怪他一定在偷看武俠小說。他都默不作聲。次晨，他早早上學了，把一對「快樂」擺在飯桌上，邊上一張紙條，寫著：「媽媽，給你快樂。」我感動得流下淚來。

「媽媽，給你快樂」中的「快樂」，除了指用火柴棒搭的「快樂」二字外，並希望帶給媽媽快樂的心情。

最後，値得一提的是，雙關是作者別有用意的寫作方法，因此往往在雙關的字詞上加引號，以示區別，如：

1.「美化環境」。

這四個字處處可見，大家已司空見慣。可是，此標引起我沈思、聯想。我們一再宣傳：要加強美化環境。是的，幾十年來，西風東漸，崇洋主義盛行不衰，臺灣文化業已形成「美」化環境了。

——小野

2.凡是自命如新頭腦的人，聽到「古」字就張皇失措，以爲那是開倒車、反潮流、阻止進步的標誌。這又是受「不通的教育」，以「站在時代尖端」自居的人物，必然會有的「濁見」。

——吳魯芹《瞎三話四集・閒談洋「聖賢書」——減一》

第一例「美」加上引號，代表「美國化」；第二例「濁見」一詞加上引號，觀之便知作者有意運用雙關嘲弄。因「濁見」與「卓見」諧音。否則，取消引號，不知情的讀者將誤以爲作者寫錯字，反生困擾，此不可不知。其次，運用雙關，無疑表現語詞的風趣，其中尤以無心形成的效果較佳。如小朋友初學造句：

難過——我家前面的大水溝很難過。

——可人兒〈造句〉，見傅堪輯《小人國》

顯然小朋友所造句中的「難過」二字形成雙關，一指大水溝很難跨過去，一將大水溝擬人化，指大水溝心情不好。讀起來令人發噱。又如筆者室友個性純樸，有一次他學妹很高興對他說：「學長，我們很投緣。」結果他居然一板一眼，摸著頭，正經八百的說：「沒有呀！我們沒有頭圓，都方方的。」當場聽到的，無不面面相覷，最後忍俊不住，笑將起來。因爲從沒人會把「投緣」諧音聽成「頭圓」的。只是平日講話，切莫動不動利用諧音，語帶雙關。如：

1. **你眞「ㄨㄟˋ」大**
2. **你很「ㄕㄨㄞˋ」**

3. 眞是有口皆「ㄅㄟ」

等對方聽成「偉」、「帥」、「碑」，謝謝你之後，才說是「尾大」的「尾」、「蟋蟀」的「蟀」、「悲哀」的「悲」，徒騁口舌之能，流於惡趣，則非運用雙關之正軌，此不得不辨明。

注　釋

❶數字雙關，另如「249904」（「愛是久久凝視」）、「44775」（「試試親親我」）、「3939923」（「善救，善救，救而善」）、「5839588」（「歐巴桑叫我爸爸」，用閩南語讀）。

❷對聯中頗好名字雙關。如上聯「桃花太紅李太白」，下聯可對「芙蓉如面柳如眉」、「詩書可誦史可法」、「梅萼迎雪柳迎春」（見王鼎鈞《左心房漩渦・對聯》），其中「李太白」、「柳如眉」、「史可法」、「柳迎春」既指景物，又指人名。

亢龍有悔

——談析詞（二）

析詞是拆開常見的專有名詞，鬆動傳統固定的語意，發揮意外別解，產生新鮮趣味，博君一笑；而在粲然一笑間，體會自由聯想的活潑與歧義，在悠謬荒唐中，領略某些迸射的眞諦火花。以「偶像」一詞而言，常指被崇拜的對象；然而居今觀之，「偶像」當是年輕人在成長中「偶然寄託的對『象』」；這樣的理解，相信更能切中年輕人偶像崇拜的眞正心理面貌（把「偶像」解釋成「嘔」吐的對「象」，是利用聲音的雙關，產生諷刺意味）。

事實上，這樣的解釋方式，猶如傳統訓詁學中的「增字爲訓」，將詞意加以引申，往往與詞的本意漸去漸遠，甚而風馬牛不相及，如「交管系」（「交通管理系」之省稱）變成「交配管理系」；「自然組」可以變成「自然淘汰組」；「社會組」則變成「社會敗類組」，任意添加，全憑自由聯想，漫無定準，爲嚴謹學術上的訓詁所不取。然就文學的妙解別趣而言，若能藉此發人深省，引人會心，仍然可以適時採用。如：

1.我覺得現在社會有兩種用英文字母命名的行業很有意思，一個是「卡拉OK」，一個是「MTV」。前者呈現出中年人的無聊，人心只有卡拉的斷折聲而沒有OK；後者是青年人（M）心中只有TV，已失去心靈的追求了。

——林清玄《心的絲路》

2.證嚴法師的故事給我們從一個新的觀點來看開悟，落實到生活上，開悟的最初步就是「覺非」，覺察到過去行爲、語言、思想的錯誤加以修正，就是開悟的基礎，所以說，「修行」的最初步是「修正自己的行爲」。

——林清玄《紅塵菩提．夢醒時分》

其中「卡拉OK」已成專門語詞，作者藉此分析成「人心只有卡拉的斷折聲而沒有OK」，指出「卡拉OK」往往以情緒的吶喊宣洩居多，並未眞正讓心靈得到圓潤洗滌，同樣「MTV」分析成「（M）心中只有TV」，指出年輕人心靈物化的危機，確實隨機點化，一語中的。至於「修行」一詞，原指佛道的研修實行；分析成「『修行』的最初步是『修正自己的行爲』」，淺顯易懂，屬於方便說法。又

3.如果說，教育便是一種人性的管理，那麼，管理，管理，眞正理想的教育，應是少管多理吧？在這些學生即將向慘綠的青少年時代告別，而躍進成人世界的時候，對他們眞正有益處的，也許不是教條式的告誡，卻只是一分關懷、一點眞正的愛心，和一些如及時雨般，來得恰是時候的指引。

——陳幸蕙《交會時互放的光亮》

4.牛頓的「數學橋」是個有名的架構。它不用釘子，只用力學原理，便把多塊木頭拼成一座可以行人的小橋。但後來不知那位「解構大師」把它拆了，企圖要重新拼拼看。想不到「解」了之後，便「構」不起來了。今天你到劍橋大學看，那座「數學橋」已經變成「有釘橋」了。

我提這個典故，不擬禁止後生拆卸物件，不擬防患來人冒險求知，只想請求智者少用心去「解」，多用力去「構」。能「解構」（deconstruct）很高明，但能「構解」（condestruct）更高明。革命不是只有「除舊」，應該還有「布新」。而往往除舊易，布新難。

——董崇選《心雕小品》

面對「管理」一詞，陳幸蕙指出眞正理想的教育是「少管多理」；猶「管教」一詞，應是「多教少管」，教重於管。面對「解構」一詞，董崇選認爲眞正的智者應「少用心去『解』，多用力去『構』」，指出與其破壞瓦解，不如建設構造；似此，析詞的深層發揮，完全展現作者深刻的體會。另如：

5. 洪七公白眼道：「可不是麼？那還用說？你滿頭大汗的練了這麼久，原來連這點粗淺道理還剛想通。可眞笨得到了姥姥家。」又道：「這一招叫作『亢龍有悔』，掌法的精要不在『亢』字而在『悔』字。倘若只求剛猛狠辣，亢奮凌厲，只要有幾百斤蠻力，誰都會使了。這招又怎能教黃藥師佩服？『亢龍有悔，盈不可久』，因此有發必須有收。打出去的力道有十分，留在自身的力道卻還有二十分。那一天你領會到了這『悔』的味道，這一招就算是學會了三成。好比陳年美酒，上口不辣，後勁卻是醇厚無比，那便在於這個『悔』字。」

——金庸《大漠英雄傳》

6. 氣節本身就是矛盾統一的概念，所謂有氣有節。氣是正氣、志氣、義氣、骨氣，俠者便努力發揮「氣」這方面；節是節制、禮節、撙節、節操，隱者便努力發揮「節」這方面。有「氣」，才能進取，有「節」，才能有所不爲。俠者和隱者都各有所偏，能中道而行的，祇有儒者，所以説孔門中正，是大有道理的。

——張系國《黃河之水》

辨析「亢龍有悔」重點在「悔」，以掩蓄控勒、綿密自如爲上。至於「氣節」則爲進取之「氣」與有所不爲之「節」，貴於兩者兼顧，毫不偏滯。而洛夫〈清明——西貢詩抄〉（《因爲風的緣故》）：

7. 我們委實不便說什麼，在四月的臉上
有淚燦爛如花
草地上，蒲公英是一個放風箏的孩子
雲就這麼吊著他走

雲吊著孩子
飛機吊著炸彈
孩子與炸彈都是不能對之發脾氣的事物
我們委實不便說什麼的事物
清明節

大家都已習慣這麼一種遊戲
不是哭
而是泣

則藉「哭泣」之辨析，指出掩抑無聲之「泣」才足以道盡胸中悲痛。此外，面對「捨得」、「忘記」、「動靜」、「睡覺」、「緩急」、「興亡」、「恩仇」等偏義複詞，析而分之，恢復原來忽略的語意，往往別有新義。以「捨得」爲例，原本只有「捨」的意思，析而衍繹，則變成「有捨才有得」，流露出生活的智慧，醒人心目。此外，運用析詞，作者往往藉此託諷。如：

8. 開學那天
我在黑板用力寫下
比學生頭顱還大的兩個字。
關心
表明了我一生對學生的態度
並且我強調

在人間
愛
不能缺席
有一位在破碎的家庭中長大的學生
趁下課時間
用憤怒的板擦去掉
心

下一堂課時
我故意指定他解釋何謂關心
「關心就是……」
啊！他激動地回答
「把心
關住」

——渡也《落地生根・關心》

「關心」一詞，本為關懷之情；而有些人的「關心」僅流於口惠，並非眞正的關心，反而是僞善的不關心；因此詩中所謂「把心關住」，有相當激憤之慨，同樣「福氣」一詞，本為恭維、稱許之意，有時卻是「福沒有，氣很多」的反諷。基於這樣的認知，我們對「民主」、「老賊」、「金店面」等詞會有另一層的領略；有些人口中所謂的「民主」，是「你是民，我是主」的霸道心態；所謂的「老賊」，是「老百姓之賊」；所謂的「金店面」，也不過是「鍍金的店面」而已，並非眞的能日進斗金。

最後，運用析詞，有的純屬遊戲之作，製造笑料，增添耍嘴皮的趣味。如：

1. 皮蛋（頑皮又搗蛋）
2. 可愛（可怕沒人愛）
3. 班花（班上很可笑的花）
4. 博士（賭博之士）
5. 聖人（說話技巧超凡入聖的人）
6. 輕鬆（體重越來越輕，腰圍越來越鬆）
7. 花容月貌（花椰菜之容，月球表面之貌）

8. 有教無類（有給他教，沒給他分類）

9. 你長得眞不錯（你長得眞的不是你的錯）

似此，偶一爲之尚好，若完全如此撰詞構句，則小學大遺，日趨偏頗，不足爲法。

話愈來愈少，話題卻愈來愈多

——談一字之差

所謂「失之毫釐，謬以千里」，在文章中的運用亦然；一字之差，往往義隔雲泥❶，使人愕然。大抵一字之差，可分兩類。第一類，字數不等，或多一字或少一字。如「你眞神」、「你眞神經」，第二句多了一字（「經」），整句的意思由讚美（第一句）變成指責。又如「紅蕃」指人，「紅蕃茄」指物；「老板」是稱呼，「老古板」變成嘲笑對方；「你是鷹」爲形容對方迅猛，「你是鷹架」則形容對方居於配搭地位；「滿頭銀絲」是頭髮花白之喻，「滿頭銀絲捲」則成滑稽的打扮；「睡美人」是如花天仙，「睡豬美人」則形象遠遜。「一絲不苟」是做事嚴謹，「一絲不掛」是裸體行徑。第二類，字數相等，其中有一字不同❷。如「神怪思想」、「神經思想」，「神怪」與「神經」雖只差一字，但所指範疇完全不同。又如「魂牽夢縈」是纏綿思念，「魂牽夢遺」是生理活動；「福爾摩沙」指臺灣爲美麗之島，「福爾摩斯」是小說中的偵探高手；「孔雀」是氣質高貴之喻，「麻雀」則爲嘮叨貧嘴之輩；「智慧」是洞悉生命的學問，「智障」是智能不足；「反對」是就事論事，「敵對」是蓄意攻擊；「職業」是謀生的工作，「職志」是一生努力的目標。可見一字之微，義則大異其趣。

現代文學中，作家凝慮，思入精微，常藉一字之差加以釐析、比較。如：

1. 我愈長大，愈能享受這種種類似束縛的關愛，爸媽毫無怨言，我更不該有。祇奇怪爸一生軍旅不該注意起穿著，才發現自己年齡徒長，生活圈一直在擴大，不論願與不願的交往中，話愈來愈少，話題卻愈來愈多，形象所及，能不注意自我嗎？

——蘇偉貞《歲月的聲音·終不悔》

2. 小余叔叔發覺我不太對勁，忙把單車交給方姊姊，就月亮的光檢查我的腦袋，小余叔叔的手眞溫柔，手心微溫乾燥，輕輕托住我的頭、臉檢視；有些人手心不是太熱就是太冷，有的還帶汗，貼在皮膚上眞不舒服，我媽說人的溫度就代表一個人的個性；阿彭就一年到尾手心溼溼溫溫的有股悶氣，我媽說心不好的人容易汗手。我爸說是心臟不好，不是心不好。

——蘇偉貞《離開同方》

第一例中「話愈來愈少，話題卻愈來愈多」，這樣的比較（「話」、「話題」），無疑透露親子間無奈的感慨。第二例「心臟不好，不是心不好」，則自「心臟」、「心」的不同指涉（「心臟」指器官，「心」指性情）加以分辨。又如：

3. 人世的紛亂苦痛出於是非不分，出於是非不易分，出於是非不能分。
《楞伽經》首句：「世間離生滅，猶如虛空花，智不得有無，而興大悲心。」

——黃克全《一天清醒的心》

4. 其實，相同的問題若移以自問，我們又何嘗答得出，自己的眼珠究竟是什麼顏色？
——To see 與 To see through，畢竟是很不一樣的啊！

——陳幸蕙《人生溫柔論》

5. 目前，國內研究所多設有治學方法一類課程，但是這裡所謂的方法意識，並不指這些課程內容。方法是指演繹、歸納、比較、統計、辨偽、校勘、運用資料等等；方法論便是以這些方法為研究對象，思考它們的功能、限制，以及根據這些方法獲得知識性質等等，再因此而推動、修正，或調整方法的運作和創新。

——龔鵬程《我們都是稻草人・中華民國國家文學博士內容與方法的評析》

6. Truth is the object of philosophy, but not always of philosophers.
真理是哲學的目標，但不一定是哲學家的目標。

7. 所以，常心要放平自己，不自我膨脹，不孤芳自賞，我有孔子耶穌的常心，還要有老莊的無常心，與禪宗的平常心。常心放平了，無了，才不會有優越感，不會老去壓迫別人。問題是，放下放平，要大慈大悲、大智大慧才做得到。

——Collins（科林斯）

人間道上，有「心」有眞愛，有「常心」就有可靠的愛，有「平常心」才有可愛的愛。愛不眞，不可靠，又不可愛，那是愛的自殺。

——王邦雄《人生是一條不歸路・平常心是道》

8. 我們同時跌進了沈默，不知道說甚麼好。後來我說：「大概是一種挫折感。」「挫折？」她緊接著說：「他那會有甚麼挫折！」「挫折感，」我解釋道：「挫折感不是挫折。越沒有外來挫折的人，越有挫折感。」她臉朝向壁爐裡的火，輕輕點了點頭。

所謂挫折感，是一個人不斷內求砥礪，一心一意想超越自己，在屢次的成功後偶然遭遇到某種巨大的阻力，似乎短期間無從突破，乃產生了一種懷疑。這種感覺對我們說來很平常，一時教你悵然惘然，不是沮喪，也不是憂鬱，更不是失望灰心，只是有點疲倦。往往，就在那挫折感持續一段時間之後，你又強打精神去正視它，重拾問題，面對阻力，並且想辦法加以克服——舂然通了，雀躍而起，所謂挫折感於焉消逝。

——楊牧《飛過火山・挫折感》

第三例指出「是非不分」、「是非不易分」、「是非不能分」之間的不同認知：「是非」並非簡單的邏輯二分，而是相攝衍生的互動；落實人世，有複雜的糾葛。第四例提醒 To see 與 To see through 的差別，「看」常停在表面，有所蒙蔽，「看穿」才能認清事實，直探本源。第五例剖析「方法」和「方法論」的不同。「方法」是客觀步驟的檢驗，「方法論」是突破「方法」所帶來的限制，有更進一步的思索與整合。第六例辨析「哲學」與「哲學家」的不同。「哲學」旨在追求眞理，而「哲學家」並不盡然以眞理爲追求目標，其中往往摻雜個人的主觀或偏見。第七例辨析「常心」在於穩定、持久，「平常心」在於一般、持平；前者可導出愛的「可靠」品質，後者進而能導出「可愛」的層次。第八例辨析「挫折」是失敗、不順，就個別事件而言；「挫折感」則是困境、心理壓力，就突破個人研究瓶頸而言。

至於第二類的一字之差，運用得更普遍。如：

1. 孔子不只是一個「平民教育家」，他也是一個「平易的教育家」，他讓教育權解放了，讓每一個人都具有這個可能，尤其重要的是他讓人們胸中的威權宰制解放了，不必成爲鬼神的奴隸，不必成爲封建威權的奴隸。

——林安梧《問心．學問之道無他，求其放心而已》

2.不過東坡的半生流浪，是被放。今日中國讀書人在海外的花果飄零，大半卻由於自放。即使是嚷嚷「回歸」的學人，也只敢在旬月之間，蜻蜓點水，作匆匆的過客罷了。故鄉眞能歸得的話，誰不願歸田歸山呢？如今卻是雪上指爪，那計東西。八月中旬，我從臺灣回港，思果剛剛設宴歡迎，重逢之情猶溫，現在他要離開香港，卻輪到我來杯酒歡送了，主客忽然換位，說是人生無常，卻也是人生之常。

——余光中《記憶像鐵軌一樣長．送思果》

第一例透過「平民的教育家」與「平易的教育家」的雙重說明，使人更清晰了解孔子教育的眞面貌。第二例透過「被放」與「自放」的差異，指出古今知識分子流浪異地的心態之別。至於向明：

3.十三、四歲的孩子即被日本人趕出家園流浪，好不容易挨到日本人投降，連家都來不及回，又身不由己的東南西北執著比身子還高的槍到處流浪，然後是，好多人連身上的槍傷還未結疤，又遠從紛亂的港口，逐著海峽強風被趕到了這個島上，流浪，其實是一連串無奈的流放。

——〈流浪者之歌〉

則自「流浪，其實是一連串無奈的流放」，述說生命的無奈。又如：

4.青年們一切都以自己爲出發，承受人生所應有的負擔，享受人生所應有的快樂。青年們的偶像不是叱咤風雲的流血家，而是勤苦自立的創業者。《富蘭克林自傳》，是每個人奉爲圭臬的經典。

——陳之藩《旅美小簡・哲學家皇帝》

5.書中空白的地方，他安排了這樣的句子：

你不能決定生命的長度，但是你可以控制它的寬度。……

——蕭蕭《在尊貴的窗口讀信・生命的寬度》

第四例指出年輕人面對人生要能「承受」其負擔，「享受」其快樂。眞正健全的態度即：既「承受」又「享受」。第五例透過生命「長度」與「寬度」的比較，指出「長度」並不全由自己控制，但「寬度」可以由自己掌握，使生命的流域更寬廣更豐美。於此，叢甦提出「密度」與「長度」之辨：

6. 人不應該為一切禮俗的束縛而犧牲對生命最豐富的經驗與感受;生命的意義在於「密度」的體會而不在於「長度」的延展。但是當我們要做最後的道德抉擇的時候,我們可以拋開一切世俗常情的約束,但是當一個兩歲的小女孩子扯著你的衣角,仰著花瓣樣的小臉問:「媽媽,去那裡?」我怎麼能揚棄人類最基本最原始的母愛與責任感?

——《中國人·中國人》

強調生命「密度」之重要,「長度」實乃次之。另如:

7. 這正應了「情侶們談愛情,夫妻間談事情」。事情談不妥,成熟的兩個人會尋求有效的溝通和協調,藉由共同生活的累積,慢慢達成各種相安的局面。反之,戰火綿延,婚姻便因之而常處動盪。

——廖輝英《兩性拔河》

8. 我在湖邊坐著,坐在一條鋸下的松樹幹上,兩腳插在雪裡,可是不冷,總有六十多度吧。就這麼坐著,看水。

明明有人,卻靜得厲害,是空曠把聲音都吃掉了。空曠,卻不是那種落寞的空寂,到處充滿著生機。

9. 民初風流倜儻的藝術家李叔同，出家後成爲眾人敬仰的弘一大師。他四處行腳，十分隨緣，世界上任何東西都好，但他的生活依然很嚴謹。所以，隨緣不是隨便，不是隨波逐流，更不必隨俗浮靡。

——裴在美《異鄉女子・大熊山紀行》

10. 放手不是放棄，是交託，是接受。是把一切好的、壞的、成的、敗的，都交託出去，不自作主張，安然接受超乎我們能力所能控制的命運。

——宋雅姿《坐看雲起時・隨緣》

11. 我總在嘗試建立意義，既然現象本身不具備意義。

——黃明堅《青春筆記・比你更大的力量》

我所謂的意義不是終極的意義，如人爲什麼存在、生命的目的是什麼這種意義。而是外在的事件和我的關係，我應當如何組織、理解、詮釋和反應。在我能這樣做以前，所謂具體實在的現實是虛緲空幻的，沒有意義，因而也沒有實質。一個空洞的存在，如一本異國語言寫成的書。因此對我而言，現實並不即是眞實。眞實需要主觀的創造，而現實不必。

——張讓《斷水的人・斷水》

第七例透過「愛情」與「事情」的比較，指出情侶與夫妻的不同，頗爲寫實。猶如有人曾說情侶在一起常談的是 sweet nothing，沒什麼的事也談得甜蜜親熱；夫妻在一起常談的是 nothing sweet，沒有一件事是甜蜜。前者是「琴棋書畫詩酒花」，後者是「柴米油鹽醬醋茶」。而八、九、十、十一，四例分別辨析「空曠」、「空寂」❸，「隨緣」、「隨便」，「放手」、「放棄」，「眞實」、「現實」之異，經由對照說明，澄淸似同實異的觀念，使人有更精確無誤的認識。至於：

12.常聽到一句話：「相識滿天下，知心有幾人？」所以有如此的感慨，可能是把「知心」的標準定得太高了。沈長卿曾嚴格分辨說：邂逅時彼此寒暄，面目恍惚記憶的，只算「相識」不是「相知」；朋友有榮耀喜事，向他致賀而無所策勉，朋友有災殃壞事，勉力盡禮而談不上親切，只算「相與」不是「相知」；孤獨時希望有個援手，炎涼之中希望有個貴人依仗，只算「相結」不是「相知」；喜慶弔喪必不缺席，問候致意日常周到，只是緊急時未必能依賴，歡談時未必看法一致，只算「相密」不是「相知」；至於解衣推食，扶危拯困，你有長處到處稱譽你，你有短處一定代爲掩蓋，這也只算「相厚」不是「相知」，相知必須是「我知彼，彼亦知我」，心裡遙相感應，料他必會如何如何，才叫「知心」。

——黃永武《愛廬小品・交友之道》

分辨「知心」之「相知」不同於「相識」、「相與」、「相結」、「相密」、「相厚」，經由比較遮表，層層開展，逼出主旨，可說析其幽微，言之有物，而此種技巧之擅長議論、說理，更由此得知。

事實上，一字之差在生活中常常出現。以姓名爲例，「余光」、「余光中」僅差一字，前者爲熱門音樂主持人，後者爲知名作家。「李登」、「李登財」亦然，前者爲古代《聲類》一書的作者，後者爲現今娛樂界逗笑耍寶的藝人。甚而，亦出現這樣的歇後語：「蘇西坡比蘇東坡——差太多」，畢竟一字之差，不可混淆不分。至於談話之間，不乏此類的勸戒、剖析之語。如：

1. 一個人只知把事「做好」是不夠，進而要知道去「做好事」（此處「好事」並非倒辭）。
2. 一個人不是要無情，而是要無執情。
3. 可以吃酒，不可以吃酒家。
4. 要小心，不要小心眼。
5. 相愛容易相處難。

6. 出名容易成名難。
7. 不應只知滿足，要能知足。
8. 悔悟不如頓悟，頓悟不如開悟（此例兼層遞）。

可見一字之差的作用，多以比較、說理爲主。

注釋

❶趙滋蕃亦有此說：「唐人論文僅以古聖先賢的著作爲標準，以『上規姚姒』爲準據，雖主明道，而終偏於文。唐人李漢，序《韓昌黎集》，僅云：『文者貫道之器也。』較之北宋周敦頤《通書》：『文所以載道也。』一字之差，則分爲文以貫道與文以載道兩大文學潮流。也正是這一字之差，使我國文學觀念，受到強烈干擾，復歸模糊籠統達千年之久。」（《文學原理·何謂文學》）

❷張春榮《一把文學的梯子》，其中「所有的故鄉都從異鄉演變而來——相似詞」，即論此類。

❸曾永義對「寧靜」、「寂靜」有精采辨析：「『寧靜』與『寂靜』表面看來都是『靜』，但仔細品味，彼此之所以爲『靜』，便大大不同。先從『寧』與『寂』所衍生的複詞來觀察：寧下可加『一、耐、貼、定』而成爲『寧一、寧耐、寧貼、寧定』，寂下可加『寞、歷、寥、滅』而成爲『寂寞、寂歷、寂寥、寂滅』；寧上可加『安』而成爲『安寧』，寂上可加『死』而成爲『死寂』。由這些複詞所傳達出來的意義

和境界，不難看出寧靜與寂靜雖同屬爲靜，而實有『死生』之別。也就是說寧靜在舒坦中充滿隱隱然的活力，而寂靜則在幽渺中籠罩無邊際的止息。人們之所以安於寧一，便是心靈汩汩然；人們之所以困於寂寥，便是胸懷鬱鬱然。」（曾永義《步步蓮花生・寧靜與寂靜》）

天外一鉤殘月帶三星

——談析字

析字是離合分析字形的表達技巧。歷來用法以提醒字形結構、寓意託旨，及闡釋新義爲主。提醒字形結構，最簡單的如：「官有兩口」、「忍字心上一把刀」、「色字頭上一把刀」等。其次如：

1. 貪字近貧，「一點」不能馬虎；錢有「兩戈」，「求」、「取」豈不愼。

——《小語庫》，老馬語

2. 戀的上半部是變的開始，失戀的人要懂得「戀」這個字隱藏的玄機。

——《小語庫》，蕭蕭語

提醒「貪」、「貧」字形相似，筆畫雖只差一點，結果卻大相逕庭，可見凡事馬虎不得。「錢」

右半有兩「戈」，提醒追逐金錢猶如玩兵戈利刃，要取之有道，小心謹愼。「戀」、「變」字形上半相同，提醒凡戀愛沒有不帶來改變的，最重要的是讓自己即使失戀，從中吸取經驗，日後變得更好。似此就字形結構提醒待人處世之理，頗爲新鮮。

至於運用字形以寓意託旨者，如秦觀〈贈陶心兒〉詞下闋：

> 臂上妝猶在，襟間淚尚盈。水邊燈火漸人行，天外一鉤殘月帶三星。

最後一句「天外一鉤殘月帶三星」寫景極淒美。事實上，仰望天空，「一鉤殘月」猶似「心」字的一鉤，「三星」即「心」字上的三點，整句剛好拼出「心」的字形，可說巧思獨具。而《西遊記・第一回》，孫悟空至靈臺方寸山，斜月三星洞，向須菩提祖師學道，其中「斜月三星」洞名，無疑是「心」字的影射。又黃庭堅〈兩同心〉詞下闋：

> 小樓朱閣沈沈。一笑千金。你共人、女邊著子，爭知我、門裡挑心。最難忘，小院回廊，月影花陰。

「女邊著子」即合「女」、「子」爲「好」，「門裡挑心」即合「門」、「心」爲「悶」，藉字形離合，以述伊人無意、獨懷苦戀之情。又吳文英〈唐多令〉詞上闋：

何處合成愁？離人心上秋。縱芭蕉、不雨也颼颼。都道晚涼天氣好，有明月，怕登樓。

「離人心上秋」合「秋」、「心」爲「愁」，而此句正道出憂思的心田是籠罩在秋天蕭瑟悲涼的情境裡。

另外在闡釋新義上，以「人」、「合」、「靠」、「囿」字爲例。如：

1.「人」，也眞是一個絕字，一邊向左，一邊向右，一副分道揚鑣的樣子，偏又相連著，各說各話、各走各路，卻又息息相關，「人」，這麼一個簡單的字，竟包含如此豐富的寓意，把人的榮譽、清明、至善……和猜疑、狠毒、奸詐……銜接得天衣無縫。

——隱地《人啊人．生氣三章》

2.人一口，則爲合。也許當年造字的老祖宗早就暗示我們，人生一世，少開尊口方是合理。

——亮軒語，隱地編，《十句話》第三集

3.你看，「靠」這個字的結構已經明明白白「告」訴你依賴他人的念頭殊屬「非」是。

4.囿字，……很明白的是「有」字加了一個「框」。因為擁有而落入桎梏之中的意思便也昭然若揭了。

——王鼎鈞《人生試金石・靠不住》

——曹又方《門前一道清流・囿》

隱地不用「人」字本義，（《說文解字》：「人，天地之性最貴者也。象臂脛之形。」）而自左右兩撇引申人性的繁複。亮軒不用「合」字本義，（《說文解字》：「合，亼口也。」段玉裁注：「三口相同為合。」）純粹自字形解說修養之道。王鼎鈞不取「靠」字本義，（《說文解字》：「靠，相韋也。从非告聲。」）藉字形闡釋人應自立自強。曹又方不取「囿」字本義，（《說文解字》：「囿，苑有垣也。从囗有聲。」）由字形闡釋「因擁有而落入桎梏」，作哲理上的領會。又如林清玄散文：

5.我第一次看「佛」這個字，拆開來是「弗人」，也就是「非人」的意思，感到很大的震撼，人的最高至極的境界竟是「非人」，那表示人實在是一個束縛，如果能解開做為人的一切束縛，就是佛了。

——《拈花菩提・不大》

6. 禪，是單示，是簡單的表示，簡單的意念。

——《拈花菩提．情．感．禪》

7. 我很喜歡「凡夫」這兩個字，凡夫的「凡」字中間有一顆大心，凡夫之所以永爲凡夫，正是多了一顆心，這顆心有如鉛錘，蒙蔽了我們自性的清明，拉墜使我們墮落，若能使凡夫之心有如黃昏時充滿思念的明月，則即使有心，也是無礙了。

——《清涼菩提．黃昏月娘要出來的時候》

就字形上闡釋「佛」的目標在「解開做爲人的一切束縛」，「禪」的道理是保持單純：「簡單的表示，簡單的意念」，「凡」夫的特色在「多了一顆心」，而如何修養此心便是超凡入聖的關鍵。至如：

8. 孩子跟著我念：這是「參觀」，那是「喜歡」。我說：「觀」與「歡」有點不同，是不是？一邊是看「見」，一邊是虧「欠」。虧欠是有點對不起的感覺。爲什麼喜歡還有對不起的意思？喜歡得太多眞會有這樣的感覺。只是爲什麼，我也不太懂得。

——喻麗清《依然茉莉香．天地》

9.爲什麼，爲什麼「愛」的下半部要跟「憂」那樣吻合？爲什麼，爲什麼把心放在胸中，可能有愛，也可能有憂？爲什麼最愛也是最憂，深憂是因爲深愛？

——蕭蕭《測字隨想錄．愛》

10.有過出國的經驗以後，似乎比較能體會「一去」就是「丟」的隱喻。在家時怕的是出門丟命，出門時又怕家裡丟財。

——莊裕安《跟春天接吻的一些方法》

11.這幾年，我走了一段曲折迷離的長路，才眞正懂得平安的「安」字，這字起筆先寫個「家」的頂蓋，蓋下有「女」立著。古人造此字，的確很傳神，雖然許多男人對此表示很不服氣。

——林今開《連臺好戲．焚稿嫁女報平安》

12.三十年代的熱血青年一定因「反封建」而鄙薄家庭，那時，大家庭制度的積弊（有時簡直可以說是罪惡）也確實到了十分嚴重的程度，奇怪的是，對大家庭制度的聲討和咒詛，往往來自受益最多的人，五叔就是以吾家的驕子精英，憤然大呼「家是寶蓋底下一窩豬」！

巴金寫在〈家〉裡的這句話，當年儼然金科玉律，天下有口皆傳，基督教會受不了這句話的壓力，連忙自己造出一個專用的新字來：寶蓋底下一個「佳」。這話傳過來，我父親倒不緊張，他不慌不忙：「寶蓋底下這隻豬代表家畜，飼養家畜是『家』的特徵。」話又傳過去，五叔笑了：「我只看見他家養孩子，沒見他家養豬。」

——王鼎鈞《怒目少年‧五叔毓珍》

喻麗清推敲喜「歡」太多反而心生虧「欠」彼此間的微妙關係。蕭蕭就「愛」和「憂」下半字形相同，引申兩者間的互動變化。而透過這樣的理解，再看看席慕蓉新詩〈回首〉（《七里香》）的結尾：

親愛的朋友啊
難道鳥必要自焚才能成爲鳳凰
難道青春必要愚昧
愛　必得憂傷

其中「愛／必得憂傷」的反問質疑，正點出愛的特質，與蕭蕭析字所闡釋的相似。至於第十例，莊裕安藉析「丟」爲「一去」，剖陳出國經驗的矛盾心理，十分鮮活。而第十一例中，林今開則以「家」的寶蓋再加上「女」字正好合成「安」字，指出家庭幸福、眞正平安的先決條件，一定非要有女子持家不成，闡揚先民造字時有意無意流露出的生活智慧。第十二例中，巴金以爲「家是寶蓋底下一窩豬」，純然借「字」發揮，抨擊嘲諷大家庭制度的生活。眞正合理的解釋是作者父親所言「實蓋底下這隻豬代表家畜」，以豬作爲家畜的借代，突顯農業社會的生活特色。似此發揮字形別解新義，自成一說；雖非正軌，然藉此指出人應有的體認及修持，使觀者印象深刻，自有其警惕勸戒功能，不必全然捨棄。至於現代詩中，亦有自字形構思立意者。以「暮」、「河」爲例。「暮」本作「莫」，《說文解字》謂：「莫，日且冥也，从日在茻中」屬於會意字。王潤華以「暮」爲題（見其〈人象外象〉組詩）：

寺院
金黃色的鐘聲
將夕陽擊落
野草叢中

將寺院鐘聲（聽覺）與日落草叢（視覺）印象結合，構成美感的聯想。又「河」形聲字，「可」爲聲符，「水」爲義符。王潤華以「河」爲題：

嘩啦啦的江水
以一把浪花
切開我——
我的聲音在右
遺體在左

河岸的行僧
只聽見我的呼聲
卻看不見墜河的我

第一小節將字形擬人化，第二小節承上，寫出「河」的感慨，別有意蘊。此外，渡也〈手套與愛〉進而自英文字形上構思：

桌上靜靜躺著一個黑體英文字
glove
我用它來抵抗生的寒冷

她放在桌上的那雙黑皮手套
遮住了第一個字母
正好讓愛完全流露出來
love
沒有音標
我們只能用沈默讀它
她拿起桌上那雙手套
讓愛隱藏
靜靜戴在我寒冷的手上
讓愛完全在手套裡隱藏

將「手套」（glove）與「愛」（love）的關係，運用字形連接在一起，不但出人意表，而詩思開展亦極其妥貼自然，是難得的佳構。似此析字，琦君〈黃金之戀〉（《淚珠與珍珠》）中也自英文字上別有會意：

請別以爲我是拜金主義者，想到這樣一個題目，而是因爲今晨看電視節目，是描寫一對老年人黃昏之戀的趣劇。主持人在喜劇落幕時說：「別說自己年紀老了。要知道老年 old age 是黃金時代 golden age，最最値得寶貴。」他又說：「old 比 gold 只少一個字母，而意義完全不同。所以千萬珍惜這個G的字母。」他說得很有情趣，因此我也覺得一對老年人的相愛，當稱寶貴的「黃金之戀」，而不是日落西山的「黃昏之戀」。

「黃金」（gold）與「老」（old）只一字母之差，如能珍惜，雖「老」（old）猶如「金」（gold）。又如：

Strip majesty of its exteriors（the first and last letters）and it becomes a jest.

——Edmund Burke（伯克）

剝掉了 majesty（威嚴）的外皮（頭尾兩個字母）就成為 a jest（笑話）啦。

指出「威嚴」中含有「笑話」的質素，可說別具隻眼，洞悉「威嚴」面具背後的眞實，有所嘲諷。

唯英文字析字，以能闡釋、析理爲上，若純粹拆開來讀，了無新意，則畫虎不成反類犬。莊因〈東遊散記〉（《山路風來草木香》）中道：

我有一個朋友，……他原要說：「還考慮個什麼嘛！」竟成了「還con什麼sider嘛！」令你啼笑皆非。

保眞在〈生猛中文〉（《兩盆常春藤》）亦指出：

乙接著說了一段話，又跑出一句「慊不慊思得」。我猛然領悟，原是他老兄把人家英文consider（考慮）斷音，成為「con不con sider」，相當於中文的「考不考慮」。……

老李笑咪咪地走來了，問我覺得怎麼樣。

我說：「你un不understand他們講什麼？」

「你說什麼？」老李一臉迷惘。

這正是我說的，倉頡也會哭笑不得。

似此析字，未能開拓字形涵義，只有製造語言煙霧，未見有趣，反覺無聊。又如以「竹本口木」笑別人是「笨呆」，以「火燒東門」指別人的作品很「爛」（拆開即為「火」、「門」、

「東」)；進而流於沒有道理的瞎說，如說「坡」為「土之皮」，「波」為「水之皮」，如此穿鑿附會，「滑」豈不變成「水之骨」?「肉」豈不變成「內之人」，「汝」豈不變成「水之女」?似此違背情理的說辭，無疑將貽笑大方，予人笑柄。

可見運用析字，由字形闡發新義，以別有會心為上，然以不悖情理為要。

滄海叢刊書目（一）

國學類

中國學術思想史論叢(一)～(八)　錢穆 著
現代中國學術論衡　錢穆 著
兩漢經學今古文平議　錢穆 著
宋代理學三書隨劄　錢穆 著
論語體認　姚式川 著
西漢經學源流　王葆玹 著
文字聲韻論叢　陳新雄 著
楚辭綜論　徐志嘯 著

哲學類

國父道德言論類輯　陳立夫 著
文化哲學講錄(一)～(六)　鄔昆如 著
哲學與思想　王曉波 著
內心悅樂之源泉　吳經熊 著
知識、理性與生命　孫寶琛 著
語言哲學　劉福增 著
哲學演講錄　吳怡 著
後設倫理學之基本問題　黃慧英 著
日本近代哲學思想史　江日新 譯
比較哲學與文化(一)(二)　吳森 著
從西方哲學到禪佛教——哲學與宗教一集　傅偉勳 著
批判的繼承與創造的發展——哲學與宗教二集　傅偉勳 著
「文化中國」與中國文化——哲學與宗教三集　傅偉勳 著
從創造的詮釋學到大乘佛學——哲學與宗教四集　傅偉勳 著
中國哲學與懷德海　東海大學哲學研究所主編
人生十論　錢穆 著
湖上閒思錄　錢穆 著
晚學盲言(上)(下)　錢穆 著
愛的哲學　蘇昌美 著
是與非　張身華 譯

佛學思想新論 楊惠南 著
現代佛學原理 鄭金德 著
絕對與圓融——佛教思想論集 霍韜晦 著
佛學研究指南 關世謙 譯
當代學人談佛教 楊惠南編著
從傳統到現代——佛教倫理與現代社會 傅偉勳主編
簡明佛學概論 于凌波 著
修多羅頌歌 陳慧劍譯註
佛教思想發展史論 楊惠南 著
佛家哲理通析 陳沛然 著
禪話 周中一 著
唯識三論今詮 于凌波 著

自然科學類

異時空裡的知識追逐
——科學史與科學哲學論文集 傅大爲 著

應用科學類

壽而康講座 胡佩鏘 著

社會科學類

中國古代游藝史
——樂舞百戲與社會生活之研究 李建民 著
憲法論集 林紀東 著
憲法論叢 鄭彥棻 著
國家論 薩孟武 譯
中國歷代政治得失 錢穆 著
先秦政治思想史 梁啟超原著、賈馥茗標點
當代中國與民主 周陽山 著
釣魚政治學 鄭赤琰 著
政治與文化 吳俊才 著
世界局勢與中國文化 錢穆 著
海峽兩岸社會之比較 蔡文輝 著
印度文化十八篇 糜文開 著
美國的公民教育 陳光輝 譯
美國社會與美國華僑 蔡文輝 著
宗教與社會 宋光宇 著

文化與教育　錢　　穆　著
開放社會的教育　葉學志　著
大眾傳播的挑戰　石永貴　著
傳播研究補白　彭家發　著
「時代」的經驗　汪　琪、彭家發　著
書法心理學　高尚仁　著
清代科舉　劉兆璸　著
排外與中國政治　廖光生　著
中國文化路向問題的新檢討　勞思光　著
立足臺灣，關懷大陸　韋政通　著
開放的多元化社會　楊國樞　著
臺灣人口與社會發展　李文朗　著
財經文存　王作榮　著
財經時論　楊道淮　著

史地類

古史地理論叢　錢　　穆　著
歷史與文化論叢　錢　　穆　著
中國史學發微　錢　　穆　著
中國歷史研究法　錢　　穆　著
中國歷史精神　錢　　穆　著
憂患與史學　杜維運　著
與西方史家論中國史學　杜維運　著
清代史學與史家　杜維運　著
中西古代史學比較　杜維運　著
歷史與人物　吳相湘　著
共產國際與中國革命　郭恒鈺　著
抗日戰史論集　劉鳳翰　著
盧溝橋事變　李雲漢　著
歷史講演集　張玉法　著
老臺灣　陳冠學　著
臺灣史與臺灣人　王曉波　著
變調的馬賽曲　蔡百銓　譯
黃　帝　錢　　穆　著
孔子傳　錢　　穆　著
宋儒風範　董金裕　著

增訂弘一大師新譜　林子青著
精忠岳飛傳　李安著
張公難先之生平　李飛鵬著
唐玄奘三藏傳史彙編　釋光中編
一顆永不殞落的巨星　釋光中著
新亞遺鐸　錢穆著
困勉強狷八十年　陶百川著
困強回憶又十年　陶百川著
我的創造・倡建與服務　陳立夫著
我生之旅　方治著

語文類

文學與音律　謝雲飛著
中國文字學　潘重規著
中國聲韻學　潘重規、陳紹棠著
詩經研讀指導　裴普賢著
莊子及其文學　黃錦鋐著
離騷九歌九章淺釋　繆天華著
陶淵明評論　李辰冬著
鍾嶸詩歌美學　羅立乾著
杜甫作品繫年　李辰冬著
唐宋詩詞選——詩選之部　巴壺天編
唐宋詩詞選——詞選之部　巴壺天編
清眞詞研究　王支洪著
苕華詞與人間詞話述評　王宗樂著
元曲六大家　應裕康、王忠林著
四說論叢　羅盤著
漢賦史論　簡宗梧著
紅樓夢的文學價值　羅德湛著
紅樓夢與中華文化　周汝昌著
紅樓夢研究　王關仕著
中國文學論叢　錢穆著
牛李黨爭與唐代文學　傅錫壬著
迦陵談詩二集　葉嘉瑩著
翻譯散論　張振玉著
西洋兒童文學史　葉詠琍著

一九八四 George Orwell 原著 劉紹銘 譯
文學原理 趙滋蕃 著
文學新論 李辰冬 著
分析文學 陳啟佑 著
學林尋幽——見南山居論學集 黃慶萱 著
解讀現代·後現代
——文化空間與生活空間的思索 葉維廉 著
中西文學關係研究 王潤華 著
魯迅小說新論 王潤華 著
比較文學的墾拓在臺灣 古添洪、陳慧樺主編
從比較神話到文學 古添洪、陳慧樺主編
神話即文學 陳炳良等譯
現代文學評論 亞菁 著
現代散文新風貌 楊昌年 著
現代散文欣賞 鄭明娳 著
實用文纂 姜超嶽 著
增訂江皋集 吳俊升 著
孟武自選文集 薩孟武 著
藍天白雲集 梁容若 著
野草詞 韋瀚章 著
野草詞總集 韋瀚章 著
李韶歌詞集 李韶 著
石頭的研究 戴天 著
留不住的航渡 葉維廉 著
三十年詩 葉維廉 著
寫作是藝術 張秀亞 著
讀書與生活 琦君 著
文開隨筆 糜文開 著
印度文學歷代名著選(上)(下) 糜文開編譯
城市筆記 也斯 著
歐羅巴的蘆笛 葉維廉 著
移向成熟的年齡——1987～1992詩 葉維廉 著
一個中國的海 葉維廉 著
尋索：藝術與人生 葉維廉 著
山外有山 李英豪 著
知識之劍 陳鼎環 著